KB042929

조선이
문명함

조선이 문명함 **9**

초판 1쇄 인쇄일 2023년 9월 14일 | **초판 1쇄 발행일** 2023년 9월 19일

지은이 조휘 | **펴낸이** 곽동현 | **담당편집 팀장** 이범수
편집부 정요한 김승건

펴낸곳 (주)조은세상 | 출판등록 제2002-23호
주소 서울특별시 동작구 동작대로1길 27 5층
TEL 02)587-2966 | FAX 02)587-2922
E-mail bukdu@comics21c.co.kr

조휘ⓒ2023
ISBN 979-11-391-2267-1 | ISBN 979-11-391-1486-7(set)
값 9,000원

9

북두

조선이 문명함

조휘
대체역사 장편소설

조휘 대체역사 장편소설

NEO ALTERNATIVE HISTORY FICTION

CONTENTS

조휘 대체역사 장편소설
NEO ALTERNATIVE HISTORY FICTION

CONTENTS

추룡군 요원인 아진은 깜깜한 밤에 세차게 흘러가는 압록강의 검은 물을 바라보다가 강 반대편에서 인기척을 느꼈다.

즉시, 무성한 갈대숲으로 들어가 준비해 둔 풀피리를 불었다.

풀피리 소리는 곤충이 우는 소리와 비슷했다.

그래서 모르는 사람이 들으면 구분하기 쉽지 않았다.

그녀가 분 풀피리 소리를 들은 모양이다.

반대편에서도 비슷한 풀피리 소리가 들렸다.

그녀는 곡조를 달리해 한 번 더 풀피리를 불었다.

잠시 후.

얼굴과 손처럼 밖으로 드러난 부위에 시커먼 칠을 한 사내들이 조각배 수십 척을 타고 압록강의 거친 물살을 갈랐다.

도중에 장마로 급격히 불어난 압록강 물에 휩쓸린 조각배 한 척이 떠내려가다가 간신히 목숨만 건지는 불상사가 있었다.

하지만 대부분은 무사히 아진이 숨어 있는 갈대숲에 도착했다.

조각배 한 척에서 체구가 건장한 사내가 아진에게 걸어왔다.

"용호군 요원 아진 맞소?"

아진이 갈대숲에서 나오며 되물었다.

"그쪽은 조지웅 대장사가 맞나요?"

"그렇소. 내가 조지웅이오."

"조각배부터 빨리 처리하시죠."

"근처에 순찰하는 구왈기야군이 있소?"

"지금은 없어요. 다른 용호군 요원이 유인해 갔으니까."

"알겠소."

고개를 끄덕인 조지웅이 손짓으로 부하들에게 명령을 내렸다.

장사들은 곧 땅을 파서 자기들이 타고 온 조각배를 묻었다.

작업을 마쳤을 때.

남장한 아진이 강변 위로 먼저 올라가며 말했다.

"절 따라오세요."

"앞장서시오."

아진은 조지웅의 부대를 이끌고 심양성 방향으로 이동했다.

낮에는 구왈기야 정찰 부대와 마주칠 위험이 있어 깊은 숲이나 계곡에 들어가 휴식을 취하다가 날이 저물면 움직였다.

그렇게 닷새를 이동했을 무렵.

흙을 쌓아 지은 토성이 나타났다.

아진이 토성을 가리키며 설명했다.

"심양성으로 가기 위해 반드시 점령해야 하는 곳 중 하나예요."

"지키는 병력은 얼마나 되오?"

"토성에 상주하는 병력은 2,000명이고 토성에 딸린 작은 성의 수비 병력까지 다 합치면 3,000명이 넘을 거예요."

"토성 내부에도 우리 편이 있소?"

"요원 네 명과 현지에서 포섭한 인원이 100명 정도 있어요."

용호군은 기근이 일어나기 전부터 만주에 요원을 잠입시켰다.

새 과장 최재천이 이끄는 용호군 요원들은 적의 시설을 정탐하거나 구왈기야군 인사를 포섭해 이중 첩자로 만들었다.

그렇게 해서 모은 정보는 바로 추룡군으로 보내졌고, 추룡군은 다시 그 정보를 분석해 군에 제공했다.

그러면 마지막으로 군은 추룡군이 준 정보를 토대로 전체적인 전략과 전술이 만들어 바로 작전에 반영했다.

3차 조왜 전쟁 때도 이와 비슷한 방식으로 용호군을 활용했다.

하지만 그때와 지금은 두 가지 면에서 달랐다.

하나는 노하우가 생겨 더 정교해졌단 점이다.

그리고 다른 하나는 배를 타고 보름은 가야 도착하는 왜국과 달리 만주는 우리와 국경이 붙어 있어 정보 수집 범위가 넓으면서도 전달하는 속도 또한 상당히 빨라졌다는 점이다.

덕분에 구왈기야군의 동태를 속속들이 파악할 수 있었다.

고개를 끄덕인 조지웅은 소장사들을 불러 지시했다.

"저 토성으로 이어지는 모든 길목에 진천탄 2형을 매설해라. 매설이 끝나면 여기에 방어선을 구축한다. 본대가 오면 다시 보급받을 수 있으니 가져온 진천탄 1형을 다 써도 좋다."

"예."

대답한 소장사들은 부하들을 데리고 사방으로 흩어졌다.

아진이 조지웅을 보며 물었다.

"진천탄 1형과 2형은 차이가 뭐죠?"

"1형은 기존에 사용하던 진천탄을 화기 연구소가 개량한 거요."

"어떻게 개량했는데요?"

"안에 쇠구슬과 농부가 쥐를 잡을 때 쓰는 농약이 들어 있어 사정거리에 들어온 보병에게 지옥을 선물해 줄 수 있소."

"2형은요?"

"뇌관을 민감하게 만든 진천뢰요."

"뇌관이 민감해지면 어떤 효과가 있죠?"

"일정한 충격을 받으면 자동으로 폭발하오."

"아, 그래서 장사들이 길목에다 진천탄 2형을 매설하는 거군요. 그 위를 군마가 지나가면 자동으로 폭발할 수 있게요."

"정확하오."

아진은 진천탄 1형과 2형의 외관을 눈에 담았다.

1형은 누가 힘을 주어 구긴 거처럼 휘어져 있었다.

그리고 2형은 완벽한 원반 형태였다.

외관으로 쉽게 구별할 수 있었다.

그때, 조지웅이 그녀에게 말을 걸었다.

"정씨 왕국과의 전투에서 공을 세워 훈장을 받았다고 들었소."

"오래전 얘기예요."

"3차 조왜 전쟁에도 참전했소?"

"아쉽지만 중국에 있는 바람에 기회를 못 잡았죠."

"그러면 그동안은 쭉 중국에서 활동한 거요?"

"복건과 광주, 운남 등지에서 몇 년을 지내다가 만주 경략이 정해진 뒤부터는 줄곧 만주 한곳에서만 활동하고 있어요."

"여인의 몸으로 이런 험한 일을 하다니 참으로 장하오."

"대장사에게 그런 말을 들으려고 하는 일이 아니에요."

"아, 미안하오. 소장이 실수했소."

"괜찮아요. 같은 여자들도 날 이상하게 보니까."

"어째서 이상하게 보오?"

"이 나이 먹도록 시집도 안 가고 흙먼지 마시면서 사내들이랑 먹고 자고 하는데 어떤 여자가 날 이해할 수 있겠어요."

그녀의 말을 잠시 곱씹은 조지웅이 물었다.

"이렇게 힘든 일을 자처해서 하는 이유는 무엇이오?"

"상감마마를 존경하기 때문이죠."

"아."

"그리고 상감마마가 하시는 일에 조금이라도 보탬이 될 수만 있다면 난 오늘 당장 여기서 죽는다 해도 여한이 없어요."

조지웅이 고개를 끄덕였다.

"나도 아진 요원과 같소. 10년 전과 지금을 비교하면 강산이 한 번이 아니라 다섯 번 정도 변한 거 같단 느낌을 받소. 이 모두 상감마마께서 백성을 자식처럼 아끼신 덕분이겠지."

아진은 처음으로 고개를 돌려 조지웅을 보았다.

"오랜만에 말이 좀 통하는 분을 만난 거 같군요."

"그렇게 말해 주어 고맙소."

그때, 아진이 갑자기 일어나 겉옷을 벗었다.

조지웅이 놀라 눈만 껌벅거릴 때.

아진이 머리를 묶은 두건을 풀어 삼단 같은 머리를 드러냈다.

조지웅이 침을 꿀꺽 삼키며 물었다.

"왜, 왜 그러시오?"

"산 초입에 나무꾼이 나타났어요."

그 말을 남긴 아진은 날렵한 몸놀림으로 산비탈을 내려갔
다.

조지웅은 급히 망원경을 꺼내 아진을 살폈다.

아진은 초입에 들어선 나무꾼 몇을 여색으로 유인해 사라
졌다.

그로부터 10여 분이 흘렀을 무렵.

아진이 비수에 묻은 피를 나뭇잎으로 닦으며 돌아왔다.

조지웅은 그 모습을 보며 감탄했다.

임기응변, 결단, 실행력 모두 발군이었다.

거기다 무예 솜씨까지 뛰어났다.

조지웅은 아무 일 없었다는 듯 벗어 둔 겉옷을 입고 삼단
같은 머리를 두건으로 감추는 아진을 보면서 그녀의 본모습
을 다시 볼 수 없단 사실에 약간의 아쉬움을 느꼈다.

어쨌든 아진 덕분에 팔장사들은 맡은 작업을 마무리하고
방어선 안으로 다시 돌아와 적과 맞설 준비를 하였다.

조지웅은 주머니에서 회중시계를 꺼내 시간을 확인했다.

개전하기로 한 시각이군.

지금쯤이면 의주 국경에 집결을 마친 훈련도감의 15만 대
군이 부교를 설치하여 압록강 도하를 진행하고 있을 터였다.

물론, 군에 훈련도감만 있진 않다.

수군도 한민족의 대역사에 한 팔 거들 준비를 마친 상태였다.

6년 동안, 훈련도감의 도움을 받아 상륙 전문 부대인 해병대를 육성한 수군은 대규모 해상 상륙 작전을 준비하고 있었다.

이번엔 아진이 먼저 말을 걸었다.

"이번 작전을 위해 팔장사가 전부 넘어온 건가요?"

"그렇소. 듣기로 다른 부대는 심양 근처까지 가야 해서 보름 전에 출발했다고 하더군. 그에 비하면 우린 쉬운 편이오."

그때, 정찰을 나간 소장사가 돌아와 보고했다.

"토성에서 300명 규모의 기병이 밖으로 나왔습니다."

"무슨 목적으로 나온 거 같던가?"

"정기적인 정찰 활동 같습니다."

"100명을 주마. 놈들이 진천탄 매설 지대를 지나면 기습해라."

"예, 대장사."

곧 팔장사 100명이 길목이 보이는 곳에 매복했다.

잠시 후, 적이 진천탄 매설 지대를 지나다가 큰 손해를 입었다.

기병이 탄 군마가 땅속에 묻어 둔 진천탄 뇌관을 밟으면 그 충격에 진천탄이 폭발해 기병과 군마를 동시에 찢어발겼다.

적은 급히 주변을 살피며 팔장사를 찾았다.

하지만 사람은 코빼기도 보이지 않았다.

그 모습에 적은 더 두려움을 느꼈다.

사람이 조종하지도 않는데 자기가 알아서 터지는 폭탄이라니!

겁을 집어먹은 적은 급히 기수를 돌려 토성으로 달아났다.

하지만 그쪽엔 이미 팔장사가 매복한 지 오래였다.

팔장사 100명이 송골매로 일제 사격을 가해 적을 전멸시켰다.

전투를 대승으로 이끈 소장사가 돌아와 보고했다.

"지시하신 대로 적 부대를 궤멸시켰습니다."

"수고했다. 이제 놈들도 근처에 적이 있는 걸 알았을 테니까 함부로 나오지 못할 거다. 당분간 주변 경계에 신경 써라."

"예, 대장사."

그 후에도 자잘한 전투가 몇 차례 이어졌다.

토성에서 정찰 나온 적과 싸운 전투도 있고 반대로 근처 부속 성에서 토성으로 지원 가던 적을 상대한 전투도 있었다.

전투는 대부분 팔장사의 완승으로 끝났다.

진천탄에 당한 상태에서 팔장사의 기습적인 공격까지 받으면 웬만한 정예가 아니고선 오합지졸처럼 금방 무너져 내렸다.

물론, 구왈기야군에도 정예가 있었다.

15

그들은 진천탄에 손해를 입어 가면서도 기병의 속도를 이용해 추격하곤 했는데, 그럴 때마다 팔장사는 숲으로 달아났다.

기병이 숲에서 불리하단 점을 이용한 방법이다.

그런 식의 전투가 몇 차례 이어졌을 때.

마침내 토성을 지키던 구왈기야군의 장수가 천 명이 넘는 병력을 이끌고 성을 나와 팔장사를 직접 추적하기 시작했다.

이때쯤엔 진천탄도 떨어져 팔장사도 마냥 유리하지만은 않았다.

조지웅은 적의 편제가 대부분 기병임을 확인하고 지시했다.

"놈들을 방어선으로 끌어들여 상대한다."

"예!"

얼마 후.

유인 작전에 걸린 적이 말에서 내려 숲으로 들어왔다.

적을 방어선까지 끌어들인 직후 조지웅의 명이 떨어졌다.

"진천탄 1형을 터트려라!"

"예!"

나무에 매단 진천탄 1형이 도화선 점화 방식으로 터지는 순간.

콰콰콰콰콰쾅!

쇠구슬이 폭풍처럼 숲 일대를 휩쓸고 지나갔다.

한바탕 폭풍이 지나간 후.

조지웅은 재빨리 다음 지시를 내렸다.

"돌격해 살아남은 잔당을 마저 처리해라!"

"예!"

장사들은 송골매를 쏘며 돌격했다.

진천탄 1형에 당해 정신을 차리지 못하던 적은 송골매를 쏘며 맹렬히 달려드는 팔장사의 기습에 맥없이 나가떨어졌다.

거기다 백병전에서도 팔장사가 상대를 월등히 앞섰다.

팔장사는 강철로 제작한 군도로 남은 적을 도륙했다.

전투가 끝난 후.

조지웅이 아진에게 물었다.

"토성 쪽은 어떻게 되었소?"

"우리가 포섭한 이들이 안에서 불을 지르고 성문을 열었어요. 수비병이 얼마 없을 테니까 들이치면 점령할 수 있어요."

"알겠소."

조지웅은 부하들을 이끌고 토성으로 달려갔다.

아진의 말대로 토성 안에서 불길이 치솟고 있었다.

이번 작전은 2년 전부터 차근차근 준비를 해 와서 토성 안에도 용호군이 포섭한 이들이 많았는데 구왈기야군 장수가 수비병 대부분을 데리고 출정하자 그 틈을 노려 봉기한 거다.

덕분에 조지웅은 손쉽게 토성을 장악할 수 있었다.

"일단 불부터 끄고 나서 토성 방어에 전념한다!"

"예!"

장사들은 지시대로 불을 끄고 농성에 들어갔다.

조지웅의 부대처럼 작전에 성공한 팔장사도 있지만 반대로 적의 예상치 못한 강력한 저항에 부딪혀 실패한 곳도 있었다.

하지만 대세에는 큰 지장 없었다.

훈련도감 대군은 팔장사가 뚫어 놓은 통로를 이용해서 그야말로 섬광과 같은 속도로 심양성을 향해 내달리고 있었다.

김운청은 언덕 위에 올라가 밑을 내려다보았다.

그가 지휘하는 총융청 3부 3사 병력 1,000여 명이 언덕 밑에 난 길을 일사불란하게 행군하며 북쪽으로 올라가고 있었다.

얼마 전 총융청 본부에서 3부 3사에 내린 명령은 이 길 끝에 있는 요충지를 접수해 목진지를 세우고 경계하란 거였다.

김운청은 2차와 3차 조왜 전쟁에서 연달아 큰 전공을 세워 군교에서 권관으로 계급이 가파르게 상승하는 행운을 누렸다.

전후에 참모직을 거치며 군 행정에도 눈을 뜬 그는 작년에 있었던 고급 장교 진급 시험을 통과해 한 번 더 진급했다.

지금은 파총으로 무려 1,000명을 지휘하는 고급 지휘관이다.

참모, 부관, 전령 등과 함께 언덕 위에서 망원경으로 병력의 이동 상황을 지켜보던 김운청이 시선을 북쪽으로 돌렸다.

만주는 조선과 달리 시야가 훤히 뚫린 데가 많았다.

그래서 지금도 망원경에 전방 상황이 또렷하게 보였다.

다행히 구왈기야군의 움직임은 아직 보이지 않았다.

하지만 적이 매복해 있을 가능성을 무시할 순 없었다.

이럴 땐 기본을 지키는 거야말로 왕도다.

그는 바로 정보과장에게 지시했다.

"정찰 부대를 보내 주변을 자세히 정찰하게."

"알겠습니다."

정보 참모는 즉시 수색 부대 지휘관에게 전령을 보냈다.

그 모습을 지켜봤음에도 김운청은 마음이 놓이지 않았다.

이곳이 조선이었다면 지도 없이도 목적지를 찾을 수 있었다.

지형을 거의 다 암기해 두니까.

하지만 여긴 생소한 만주였다.

더구나 조선처럼 눈에 띄는 지형적 특성도 부족했다.

김운청은 제대로 가고 있는지 확인하기 위해 지도를 꺼냈다.

용호군이 보낸 정보를 토대로 군이 만든 군사용 지도다.

소문으론 정확도가 높아 일선 지휘관의 평가가 좋다고 한다.

지도 위에 나침반을 놓고 독도법으로 현재 위치를 확인했다.

"난 제대로 가고 있는 거 같은데 작전과장은 어떻게 생각하나?"

작전과장도 고개를 끄덕였다.

"이 방향으로 10리만 더 가면 될 거 같습니다."

김운청은 지도와 나침판을 군복 주머니에 넣고 나서 일어섰다.

"좋아. 저녁 전에 도착해서 바로 숙영에 들어가지."

"예."

행군은 순조로웠다.

총융청 본부가 말한 고지에 도착해 숙영지를 구축했다.

구왈기야군도 당연히 기병이 주력 병과였다.

그래서 언덕 주위에 양쪽으로 철조망을 쳤다.

이어 참호와 교통호를 파고 식수를 확보했다.

방어 준비를 마치고 나서 숙영에 쓸 막사를 세우고 밥을 지었다.

군량은 수분을 없앤 쌀과 고기, 채소를 섞어 포장한 거였다.

그래서 뜨거운 물만 부으면 죽처럼 바로 먹을 수 있다.

저녁 식사가 끝난 후.

병사들이 참호에 들어가 경계 근무 서는 동안.

장교와 선임 부사관은 김운청의 지휘 막사에 집결했다.

　김운청이 전역을 그린 지도를 지휘봉으로 가리키며 설명했다.

　"훈련도감 사령부에 따르면 구왈기야군이 심양성에서 농성하기보다는 근처 평원에서 결전을 치르려 할 가능성이 크다고 한다. 사르후 전투 때처럼 기동전을 치르려는 속셈이겠지."

　김운청은 지휘봉으로 지도에 있는 평원을 지목했다.

　평원은 심양성과 도보로 사흘 거리였다.

　그리고 주위에 엄폐할 만한 장소도 부족했다.

　말 그대로 기병이 좋아하는 싸움터였다.

　김운청이 설명을 이어 갔다.

　"훈련도감 사령부는 이 평원을 중심으로 세 겹의 방어선을 구축했다. 우린 그중에서 두 번째 방어선의 좌측 측면 끝인 이 고지에 군영을 세우고 절대 사수하라는 명령을 받았다."

　참모 하나가 물었다.

　"그러면 우린 방어선을 우회하려는 적을 막는 겁니까?"

　"그렇다. 우리가 뚫리면 구왈기야군이 여길 우회해 세 번째 방어선으로 곧장 진격할 수 있다. 그리고 다들 들어서 알고 있겠지만, 세 번째 방어선에 친정을 나선 전하께서 계신다."

　그 말에 다들 비장한 표정을 지었다.

　죽음은 두렵지 않다.

하지만 패배는 두렵다.

그들이 패하면 구왈기야군이 전하를 직접 노릴 수 있는 위치까지 진격할 수 있다는 말인데 이보다 더한 치욕은 없었다.

다른 참모가 질문했다.

"한데 우리가 지켜야 할 방어선이 너무 긴 거 같지 않습니까?"

"이곳은 만주다. 기병이 기동하기에 정말 좋은 곳이지. 반대로 수비하는 처지에선 지옥 같은 곳이고. 다시 말해 우리 역량에 비해 방어선이 긴 것은 감내하는 수밖에 없단 뜻이다."

"알겠습니다."

김운청은 이어 전술에 관해 설명했다.

"기병은 진천탄과 철조망이 쥐약이다. 내일 새벽에 진천탄 2형과 철조망으로 우회로를 차단하고 적을 고지로 유인한다."

"예!"

"전초를 설치하고 사주경계와 병사들 체력 관리에 신경 쓰도록!"

"알겠습니다."

"해산!"

각자 맡은 임무를 수행하기 위해 흩어진 후.

김운청은 직접 숙영지를 돌며 방어 태세를 점검했다.

그는 지금이 가장 위험한 시기임을 알았다.

숙영지에 갓 도착해 피곤한 데다, 방어 시설도 충분치 않았다.

그래서 숙영지를 돌며 직접 점검에 나섰다.

김운청은 마지막으로 숙영지 중앙에 있는 솔개 부대를 찾았다.

솔개는 조선이 만든 신형 박격포의 이름이다.

이번에 열 문을 가져왔는데 훈련 때 써 본 경험에 의하면 전투가 벌어졌을 때 가장 크게 활약할 부대가 솔개 부대였다.

점검을 마치고 나서 지휘 막사에 돌아와 지도를 다시 보았다.

가끔 만주의 강풍이 지휘 막사를 때릴 때면 적이 왔나 싶어 움찔했지만, 다행히 날이 밝을 때까지 아무 일도 없었다.

동녘에서 터 오는 해를 보고 막사를 나왔을 때.

병사들이 철조망과 진천탄을 들고 고지를 내려가고 있었다.

우회로 길목에 철조망과 진천탄을 설치하기 위해서다.

김운청은 병사들을 따라나섰다.

그들이 두 번째 방어선의 좌측 끝에 자리 잡고 있어 날이 환할 때 방어선 주변의 지형을 제대로 파악해 두고 싶어서다.

"괜찮군."

그는 지형을 보자마자 훈련도감이 왜 여길 택했는지 깨달았다.

왼쪽에는 군마가 오르기 힘든 꽤 높은 언덕이 있었다.

그리고 그 언덕 너머에는 폭이 수십 미터가 넘는 강이 있었다.

더구나 수심도 적당히 깊었다.

기병이 기동할 만한 장소가 절대 아니었다.

즉, 이 강부터 숙영지가 있는 고지까지만 제대로 틀어막아도 구왈기야군이 좌측 측면을 우회할 방법은 없는 거나 같다.

김운청은 아침도 잊고 고지 반대편으로 가 보았다.

그곳에는 총융청 3부 2사가 주둔하고 있었다.

김운청의 눈살이 절로 찌푸려졌다.

만주의 아침햇살이 따가워서는 아니었다.

3부 2사는 같이 훈련한 경험이 많아 잘 알았다.

그가 걱정하는 건 2사 지휘관의 능력이었다.

그 지휘관은 공을 너무 탐했다.

쉽게 말해 아직도 적의 수급을 베는 거야말로 전공을 인정받아 진급하는 가장 확실한 수단이라고 생각하는 구세대다.

조선군은 많은 면에서 개혁이 이루어졌다.

하지만 인적 자원은 무기처럼 쉽게 교체가 안 된다.

그래서 아직도 곳곳에 구시대적인 군인이 많았다.

지휘 막사로 돌아와 늦은 아침을 먹고 아끼는 장교를 불렀다.

"300명을 줄 테니까 우측 전선을 맡아라. 3부 2사가 무너지면 우리도 포위되거나 후위를 기습당해 같이 위험해진다."

"예."

장교는 급히 300명을 추려 우측 전선으로 달려갔다.

강렬한 햇살이 황톳빛 대지를 불태울 때.

전초에서 뿔 나팔 소리가 길게 한 번 울렸다.

피아를 식별하기 어려운 부대를 발견했단 신호다.

참모와 회의하던 김운청이 뛰쳐나가 망원경으로 전방을 살폈다.

그때, 이번엔 뿔 나팔 소리가 길게 세 번 울렸다.

아군이란 뜻이다.

그 말에 다들 안심하려는 찰나.

바로 이어 뿔 나팔 소리가 짧게 세 번 울렸다.

이번 건 적을 발견했단 신호다.

쓴웃음을 지은 김운청은 즉시 명령을 내렸다.

"우회로에서 작업하던 병력을 불러올리고 선초도 철수시켜라."

"예!"

"솔개 부대에는 거리 측정을 마쳤으면 포격을 준비하라고 해라."

"알겠습니다."

전초가 막 복귀했을 때.

아군 군복을 입은 전령 기병 부대가 고지로 올라왔다.

전초가 처음에 발견한 아군이 그들이다.

전령은 바로 김운청 앞으로 달려와 지시를 전했다.

"지금부터 훈련도감 사령부의 명을 전하겠습니다!"

"경청하겠네."

"첫 번째 방어선이 무너진 관계로 이제부턴 두 번째 방어선이 최전방이다. 예하 부대는 주력 부대가 반격에 나서기 전까지 지금 위치를 사수하면서 최대한 적을 오래 붙잡아 둬라."

"명을 확실히 전달받았네."

"그럼 전 이만."

전령들은 우측에 있는 3부 2사 숙영지 쪽으로 달려갔다.

김운청은 돌아서서 소리쳤다.

"지금부터 적을 맞을 준비에 들어간다! 철조망과 진천탄, 그리고 솔개포를 이용해 적이 전력을 최대한 소모하게 만들어라!"

"예!"

병사들이 명을 수행하느라 바쁘게 뛰어다닐 때.

전방에서 회오리처럼 뭉친 먼지가 빠르게 고지로 접근해 왔다.

뒤이어 지축이 울리는 굉음과 함께 땅이 흔들렸다.

최소 수천 기의 기병 부대가 기동할 때나 날 법한 소리였다.

잠시 후, 옆에서 불어온 바람이 먼지 회오리를 걷어 냈다.

그 순간, 군마에 탄 수천 명의 구왈기야군 기병이 드러났다.

적 기병은 크게 두 종류였다.

반은 카빈과 권총으로 무장한 총기병이었다.

카빈은 쉽게 말해 기병용 소총이다.

말 위에선 지상처럼 장전이 편하지 않기 때문에 총열을 잘라 길이와 무게를 줄인 소총을 썼는데 이를 카빈이라 하였다.

총기병 뒤에는 창과 칼처럼 기병이라면 쉽게 떠올릴 법한 무기를 들고 전선으로 돌격하는 전통적인 돌격 기병이 있었다.

3부 3사 장병이 아군의 몇 배나 되는 기병에 놀랐을 때.

적도 마찬가지였다.

그들도 3부 3사가 펼쳐 둔 엄밀한 방어선에 놀랐다.

아니, 놀라기보단 당황했다.

그러나 당황도 잠시.

그들은 철조망에 당한 경험이 있는 듯 고지를 무리하게 돌파하기보다는 장점인 기동력을 살려 우회로를 찾으려 하였다.

하지만 우회로에도 전부 철조망이 잔뜩 깔려 있었다.

적 대장으로 보이는 이가 지휘봉을 뽑아 뭐라 소리를 질렀다.

그 즉시, 말에서 뛰어내린 기병 수백 명이 갑옷과 무기 등으로 철조망 위를 몇 겹 덮어 임시 통로를 구축하려고 하였다.

망원경으로 그 모습을 지켜보던 김운청이 소리쳤다.

"솔개 부대에 철조망에 있는 놈들을 포격하라고 전해라."

"예!"

잠시 후, 솔개포가 발사한 포탄이 철조망 위에 떨어졌다.

콰콰콰쾅!

포탄이 떨어질 때마다 적이 뭉텅이로 쓰러져 나갔다.

더구나 산개도 하지 않아 전멸에 가까운 손해를 피하지 못했다.

적 대장은 한 번 더 병력을 내보냈다.

그러나 이번에도 솔개포에 당해 반 이상 죽거나 다쳤다.

연이은 패배로 분기탱천한 적 대장은 무식한 방법을 동원했다.

군마를 타고 돌진해 철조망 지대를 강제로 뚫으란 명령이었다.

솔개포에 당하기 전에 철조망 지대를 넘겠단 계산이다.

구왈기야군은 군기가 아주 엄한 듯했다.

기병 수백 명이 시키는 대로 철조망에 돌격을 감행했다.

결과야 뻔했다.

기병은 군마와 함께 철조망 가시에 엉켜 죽거나 크게 다쳤다.

그래도 효과가 전혀 없진 않았다.

기병과 군마의 사체가 자연적인 다리 역할을 해 준 거다.

적 대장은 그쪽으로 부하들을 보내 철조망 지대를 통과했다.

하지만 그들은 다시 속도를 내기도 전에 땅에 매설한 진천탄 2형이 폭발해 살아남은 기병 숫자가 손에 꼽을 정도였다.

그렇다고 우회로를 완전히 통과한 것도 아니었다.

그들 앞에는 또 다른 철조망이 펼쳐져 있었다.

말 그대로 첩첩산중이었다.

상대와 시원하게 싸워 보기도 전에 벌써 부하 천여 명을 잃은 적 대장은 흥분을 주체하지 못하고 고지 공격을 명령했다.

그 모습을 망원경으로 확인한 김운청은 주먹을 불끈 쥐었다.

"됐다!"

의도한 대로 적을 고지로 유인하는 데 성공한 거다.

이제는 석을 요리하는 일만 남았나.

그때였다.

좀 전보다 훨씬 큰 먼지구름과 함께 적 증원 부대가 도착했다.

아니, 자세히 보니 증원 부대가 아니었다.

바로 구왈기야군 본대 중 하나였다.

거의 3만에 이르는 기병이 3부 3사가 지키는 곳으로 온 거다.

김운청은 침착하려고 애썼지만, 말처럼 쉽지 않았다.

심장 뛰는 소리가 천둥소리처럼 커졌다.

203장. 와아아, 해냈다!

난 만주로 친정을 나와 있었다.

그 과정이 수월했냐 하면 그건 또 아니다.

당연하게도 다들 강하게 뜯어말렸다.

이번 전쟁에서 패하면 큰 손실이다.

물론 그 피해는 수습할 수 있다.

구왈기야군이 승리의 기세를 이어 가겠다며 조선으로 쳐들어올 것도 아니고 이번 패배로 조선이 망하지도 않을 테니까.

하지만 내가 잡히거나 죽는다면 상황이 달라진다.

그땐 정말 끝이나 마찬가지니까.

그런데도 굳이 먹는 거, 자는 거 다 포기해 가며 이 거친 만주까지 와 친정하는 이유는 심적으론 이게 더 편하기 때문이다.

전황 소식을 기다리며 속이 타들어 가는 경험은 3차 조왜 전쟁에서 질리도록 해 봐 이번 전쟁은 친정하기로 마음먹었다.

난 전역을 표시한 대형 지도를 내려다보았다.

이번 전쟁의 전략은 두 단계로 나뉘어 있었다.

1단계는 용호군과 팔장사가 심양성으로 가는 가장 빠른 루트를 개척하면 훈련도감 대군이 그 루트로 진입하는 거였다.

이렇게 하면 구왈기야군이 만주 전역에 흩어져 있는 부대를 불러 모으기 전에 심양성 근처까지 쉽게 진격할 수 있었다.

지금까지 밝혀진 바에 따르면 1단계 전략은 완벽히 성공했다.

훈련도감은 변변한 전투 한 번 치르지 않고 심양성과 도보로 사흘 거리, 빠른 말로 달리면 하루 거리인 평원에 도착했다.

정묘, 병자호란에서 조선군이 청 기병에 당한 방식을 이번에는 조선군이 똑같은 방식으로 구왈기야군에 갚아 준 셈이다.

조선군이 순식간에 심양성 코앞까지 당도한 모습에 놀란 구왈기야군은 부랴부랴 군대를 일으켜 평원으로 뛰쳐나왔다.

조선군은 화포 전력이 아주 강하다고 소문이 자자했기 때문에 심양성이 포위당하면 그날로 전쟁은 끝이라 봐야 했다.

거기다 구왈기야군 주력인 기병도 제대로 활용할 수 없었다.

그래서 먼저 뛰쳐나가 선수를 치겠단 의도다.

구왈기야군 12만 병력이 심양성에서 나왔단 말을 들은 훈련도감 사령부는 계획대로 병력을 넓게 퍼트려 횡진을 펼쳤다.

그런 식으로 세 겹의 방어선을 펼쳐 적의 공격에 대비했다.

그러나 아무리 넓게 펼친다고 해도 작은 대륙이나 마찬가지인 만주에서 모든 방향을 완벽히 막기란 사실 불가능했다.

그 탓에 각 군이 지켜야 하는 전선은 점점 길어졌다.

자연히 거점 간의 간격도 같이 벌어졌다.

이러한 포진은 구왈기야군에게 아주 유리했다.

기병의 기동력을 살려 조선군의 얇은 방어선을 뚫기만 하면 조선군 증원 부대가 도착하기 전에 후위로 돌격할 수 있었다.

즉, 조선의 왕을 잡아 전쟁을 쉽게 끝낼 수 있는 거다.

더욱이 상대는 나와 같은 플레이어였다.

그는 체스나 장기처럼 상대방의 왕만 잡으면 끝나는 걸 안다.

바둑처럼 집을 지을 필요가 없는 거다.

난 베일에 가려진 구왈기야군의 플레이어를 떠올렸다.

"이름이 구왈기야 시후나라고 했었지."

나이를 따져 봤을 때, 구왈기야 오보이는 플레이어가 아니었다.

지금까지 밝혀진 EHS의 패턴을 고려하면, 확신에 가까운 짐작이었다.

EHS는 수명을 판돈으로 쓰는 게임.

오보이를 플레이어로 만들기에는 그의 나이가 너무 많았다.

가능성을 놓고 따지자면 구왈기야군의 플레이어는 시후나일 확률이 높았다.

용호군이 많은 정보를 알아내지 못할 만큼 정체를 철저히 숨겼다는 점에서도 그렇다.

다만, 그렇게 실력이 뛰어난 플레이어 같진 않았다.

실력이 뛰어났다면 경정충, 상지신처럼 기회를 보아 아버지를 제거하고 구왈기야군의 실권을 자기가 틀어쥐었을 테니까.

시후나에 대해 생각하고 있을 때.

이완이 안으로 들어와 쿵 소리를 내며 한쪽 무릎을 꿇었다.

"전하, 구왈기야군 10만여 명이 공세를 시작했사옵니다."

난 여전히 지도를 바라보며 물었다.

"어디로 왔소?"

"이곳에서 북동쪽으로 20여 리 떨어진 들판이옵니다."

"우리가 예상한 지점과 가깝기는 하지만 아주 가깝지는 않군."

"그렇사옵니다."

"놈들을 유인하는 작전은 어떻게 진행 중이오?"

"적이 쳐들어온 거점을 지키던 부대를 패한 거처럼 꾸며 유인하곤 있사오나 목표 지점에서 아직도 5리가 부족하옵니다."

난 잠시 생각하다가 물었다.

"과인의 막사에 깃발을 걸었소?"

"어떤 깃발을 말씀하시는 것이옵니까?"

"구조룡기."

"자객의 습격을 우려하여 달지 않았사옵니다."

지금의 조선 체급이면 나라를 대표하는 국기가 필수다.

외국과의 외교, 교역, 전쟁에 필요해서다.

그래서 국기를 선정하는 작업에 들어갔다.

첫 번째 후보는 대한민국이 사용하는 태극기였다.

하지만 그 생각은 금방 접었다.

음양, 팔괘 모두 중국에서 온 거니까.

두 번째는 백의민족을 뜻하는 흰 바탕에 조선이 만들어 낸 최고의 아웃풋이라 할 수 있는 한글로 '조선'이라 적은 국기다.

하지만 이 또한 얼마 가지 않아 폐기되었다.

이건 조선의 국기지, 한민족의 국기 같지 않았다.

국기는 민족의 정체성을 드러내는 용도로도 쓰이니까.

그래서 며칠 동안 골머리를 싸매고 고민해 나온 국기가 바로 호랑이 머리를 세련된 디자인으로 재구성한 지금의 국기다.

흰 바탕에 검은색과 붉은색으로 호랑이 머리를 형상화한 국기는 눈에 잘 띄면서 위엄도 있고 그리기도 아주 쉬웠다.

이를 해결하니 다른 쪽으로도 관심이 쏠렸는데.

바로 왕실의 문장을 새로 만드는 것이었다.

국기와 왕실 문장은 다르다.

전제 국가에서는 왕실의 지고한 위엄을 드러낼 수 있는 문장이 필요하다.

그래서 국기를 제정한 김에 왕실 문장도 같이 정하기로 했는데.

마침 인정전 천장에 좋은 레퍼런스가 있었다.

바로 오조룡 문양이다.

물론 그것을 그대로 사용하진 않았다.

우리가 중국의 속박에서 벗어나기로 한 마당에 명나라 눈치를 보느라 발톱을 줄인 오조룡은 영 마땅치 않았으니까.

그래서 오조룡 대신에 구조룡을 왕실 문장으로 삼았다.

난 그 왕실 깃발을 내 막사에 걸었는지 물었다.

근데 이완은 달지 않았다고 하였다.

이완 말대로 내가 있는 막사에 왕실 깃발을 다는 행위는 왕이 여기 있음을 구왈기야군 첩자에게 광고하는 거나 같다.

하지만 때로는 위험을 감수할 필요도 있는 법.

난 바로 지시를 내렸다.

"내 막사를 서쪽으로 조금 옮겨야겠소. 그리고 옮길 때 구왈기야군 첩자들이 잘 볼 수 있도록 왕실 깃발을 앞세우시오."

"전하, 그것은 너무 위험……."

"이번에 금군이 5천이나 같이 왔소. 위험한 일은 없을 거요."

옆에 있던 금군 대장 이상립이 즉각 군례를 취했다.

"구왈기야군의 자객이 전하를 시해할 마음을 품었다면 그전에 우리 금군 5천의 시체를 밟고 지나가야 할 것이옵니다."

그 말에 이완도 더는 반대하지 못했다.

"그러면 사령부에서 이어를 준비하겠사옵니다."

이번 이어의 목적은 적의 눈에 띄는 데 있었다.

그래서 난 금으로 수를 놓은 거대한 어차에 올라 금군, 훈련도감 사령부의 물샐틈없는 호위 속에서 서쪽으로 이어했다.

이어의 효과는 확실했다.

구왈기야군의 이동 방향이 좌측으로 약간 쏠렸다.

확실히 날 잡아야 전쟁이 끝남을 아는 거다.

약간 무섭기도 했지만, 금군을 믿었다.

금군은 6년 동안 꾸준히 지원자를 받아 규모를 늘렸다.

지금은 계획하던 1만 명 수준에 도달했다.

그렇다고 어중이떠중이를 다 받아 숫자만 채우지도 않았다.

금군에 입대하면 왕실을 수호한단 명예가 자동으로 따라붙기 때문에 재능 있는 젊은이가 금군의 문을 많이 두드렸다.

금군이 급격히 불어나면서 우려하는 이들이 생겼다.

금군의 세력이 커지면서 정치 세력화되는 문제를 걱정한 거다.

실제로 경호실이 정치군인의 길을 걸은 예가 많나.

하지만 대장인 이상립이 정치와 확실히 선을 그을 줄 아는 인물이어서 금군은 왕실과 대궐 수호에만 온 힘을 다했다.

나로선 인복이 있는 셈이다.

새로 이어한 장소에서 업데이트가 된 작전 지도를 확인했다.

"역시 뭐든 욕심이 과하면 문제가 되는 법이지."

구왈기야군이 나를 잡으려는 욕심에 좌측으로 같이 약간 이동하면서 마침내 적을 원하는 지점에 몰아넣을 수 있었다.

바로 훈허강 좌안이다.

훈허강은 심양성 앞을 지나 요동만까지 흘러가는 큰 강이다.

구왈기야군도 강에 바짝 붙는 포진이 위험하다는 걸 알 거다.

하지만 욕심이 눈을 가리고 귀를 막았다.

그렇다면 난 그걸 이용해 줘야지.

난 지도에서 눈을 떼고 뒤로 돌아섰다.

앞에 이완, 유혁연, 유엽, 한도철, 윤준 등이 부복해 있었다.

"예상대로 놈들을 훈허강 좌안에 붙이는 데 성공했소!"

"감축드리옵니다!"

"나보단 장군들이 잘한 거겠지."

"성은이 망극하옵니다!"

"아무튼 이제 2단계 전략을 시행해야겠소."

이완이 대표로 물었다.

"하오면?"

"놈들의 퇴로를 막아 훈허강 쪽으로 밀어붙이시오."

"예, 전하!"

"강감찬 장군의 살수대첩처럼 우리도 이 훈허강 유역에서 구왈기야군을 상대로 대첩을 만들어 봅시다. 이번 전투만 이겨도 만주 경략은 반 이상 성공한 거나 마찬가지니까."

"최선을 다하겠사옵니다!"

반격 작전을 맡은 유엽, 한도철, 윤준 세 장군이 밖으로 뛰어나가 준비를 마친 각자의 부대를 이끌고 전면 공세에 나섰다.

난 그사이 지도에 있는 한 점을 가리켰다.

"이 고지가 전투의 핵심 전장이 될 거 같은데 누가 맡고 있소?"

유혁연이 지도를 보고 나서 대답했다.

"총융청 3부 3사의 김운청 파총이옵니다."

"김운청? 전에 들어 본 이름 같은데?"

"이와미에서 도쿠가와 가문의 은광산을 발견한 장교이옵니다."

"아아."

"실력이 괜찮으니까 잘할 것이옵니다.˝

"정말 그러길 바라야겠군."

난 다시 지도 쪽으로 고개를 돌렸다.

적어도 내일 아침엔 결판이 나겠군.

◆ ◆ ◆

김운청은 다섯 시간 동안 적을 잘 막아 냈다.

혹사당한 솔개포 다섯 문이 고장 나고 철조망은 군데군데 찢겨 빈틈이 드러나긴 했지만 고지만은 끝내 빼앗기지 않았다.

김운청은 우측을 돌아보았다.

적은 총융청 3부가 방어하는 지대 전체를 맹공하고 있었다.

그래도 다들 어찌어찌 버텨 내고는 있었다.

근데 그때 우측 고지를 지키던 3부 2사 병력 일부가 참호 밖으로 나와 죽은 구왈기야군의 수급을 자르려고 시도했다.

"미친 새끼들!"

욕설을 뱉은 김운청이 말리려는 순간.

구왈기야군 기병이 단숨에 참호를 지나 고지 정상에 도달했다.

한동안 욕설과 총성이 이어지다가 고지 정상에 걸어 둔 총융청의 군기가 내려오고 구왈기야의 양황기 깃발이 올라왔다.

구왈기야 오보이는 팔기군의 양황기 출신이다.

그래서 그런지 군기도 양황기 깃발을 사용했다.

우측 고지가 적에게 떨어지는 모습을 본 참모들이 당황했다.

"이렇게 되면 측면과 후면을 에워싸여 포위당할 수 있습니다!"

김운청은 단호하게 말했다.

"지금은 그게 문제가 아니다!"

"예?"

"놈들이 저 고지를 통해 후방으로 진격할 수 있다는 게 문제야!"

"그, 그럼 어떻게?"

"이렇게 될까 봐 우측 측면에 내가 병사 300명을 보내 놓았다. 그들에게 우측 고지로 올라가 고지를 탈환하라고 해라."

"고작 300명으로 고지를 탈환하란 지시를 내리신 겁니까?"

"우린 어떻게든 이곳을 사수해야 한다! 실패하면 다 끝이야!"

"알, 알겠습니다."

곧 결사대 300명이 우측 고지 뒤편으로 몰래 접근했다.

다행히 구왈기야군의 경계가 허술했다.

300명이나 매복해 있을 거라곤 전혀 예상 못 한 눈치다.

고지를 점령한 구왈기야군 수백 명이 흥에 겨워 김운청의 고지 쪽을 바라보며 만주어로 욕설을 쏟아붓고 있을 때였다.

탕탕탕탕!

펑펑펑펑!

총성과 비격뢰 폭음이 울리며 결사대가 고지 정상을 급습했다.

한동안 총성이 들려오다가 갑자기 양황기가 내려갔다.

이어 구겨지긴 했지만 멀쩡한 총융청 깃발이 다시 올라왔다.

그 모습을 본 3부 3사 병사들은 목이 터져라 환호성을 질렀다.

"와아아, 해냈다!"

"2사 놈들이 빼앗긴 고지를 우리 3사가 되찾았다!"

"꼴좋구나! 만주 오랑캐 놈들!"

김운청도 놀라긴 마찬가지였다.

"장희재, 이 친구 아주 물건이구만!"

장희재는 결사대 300명을 이끈 진교의 이름이다.

204장. 출진하라!

고지를 빼앗겨 화가 난 구왈기야군은 재차 맹공을 퍼부었다.

김운청은 남은 솔개포를 전부 가동해 구왈기야군을 포격했다.

하지만 다섯 문으로 막기엔 적이 너무 많았다.

더욱이 철조망도 찢어져 더는 적을 막아 주지 못했다.

이젠 참호에 들어가 비격뢰와 송골매로 버티는 수밖에 없었다.

구왈기야군 기병 1파는 비격뢰를 퍼부어 가까스로 저지했다.

하지만 2파 때는 비격뢰마저 다 떨어져 송골매로 상대했다.

그리고 3파 때는 참호 근방까지 적의 진격을 허용했다.

그때, 큰 힘이 돼 주던 솔개포마저 잇달아 고장 났다.

포탄은 아직 많이 남아 있었다.

하지만 포신이 먼저 퍼져 버렸다.

그렇게 사수하던 고지를 내줄 위기에 처했을 때.

정보과장이 새된 비명을 터트렸다.

"흐아아악!"

김운청은 화가 나 부하를 꾸짖었다.

"장교란 놈이 전장에서 적을 앞에 두고 비명을 질러? 병사들 보기 부끄럽지도 않으냐! 꼴 보기 싫으니 당장 꺼져……."

정보과장이 억울하단 표정으로 뒤편을 가리켰다.

"저, 저길 보십시오!"

김운청이 급히 고개를 돌리는 순간.

조선군 복장을 한 장병 수천 명이 언덕 위에 모습을 드러냈다.

"아, 증원 부대가 온 건가?"

근데 그게 다가 아니었다.

수천 명 규모의 부대가 하나 더 나타났다.

그리고 하나 더, 하나 더, 하나 더…….

마치 녹색의 물결이 파도처럼 언덕을 계속 넘어오는 듯했다.

그러다 보니까 어느새 들과 언덕이 전부 조선군 장병으로 가득 들어차 지축이 흔들리고 뿌연 먼지가 구름처럼 일었다.

구왈기야군도 중원군 규모에 놀라 허겁지겁 내뺐다.

썰물처럼 빠지는 적을 보며 3사 장병은 환호성을 크게 질렀다.

고지를 빼앗길 위험이 사라진 덕에 여유가 생긴 김운청도 망원경으로 개미 떼처럼 고지로 올라오는 아군을 확인했다.

저 정도 병력이면 4만 명이 훌쩍 넘었다.

즉, 훈련도감 5청 중 하나가 전부 달려온 셈이었다.

작전과장이 흥분한 얼굴로 물었다.

"뒤에 이렇게 많은 증원군이 있단 걸 아셨습니까?"

"나도 몰랐지."

"그러면 전선의 지휘관에게까지 숨겼단 겁니까?"

"그만큼 이번 작전이 중요했단 뜻이겠지."

그때, 수어청 깃발을 앞세운 일단의 기병이 고지로 올라왔다.

김운청은 재빨리 뛰어가 군례를 올렸다.

"총융청 3부 3사 지휘관인 김운청입니다."

군마에서 내린 대장이 절도 있게 군례를 받았다.

"반갑다. 수어청 대장 한도철이다."

"말씀 많이 들었습니다."

"지금 전황이 어떻지?"

"좀 전에 우측 고지를 빼앗기긴 했지만, 소관의 장교 하나가 300명의 결사대를 이끌고 탈환하여 현재는 가까스로 구왈기야군의 맹공을 방어하는 중입니다. 아마 수어청이 한발만 더 늦게 도착했어도 고지를 사수하기 어려웠을 겁니다."

"오, 300명으로 고지를 탈환했다고?"

"그렇습니다."

"그 장교 이름이 뭔가?"

"장희재입니다."

"훈장을 받을 수 있게 추천서를 써서 사령부에 올리게."

"예, 장군."

"그동안 고생 많았네. 여기서부턴 우리가 맡지."

"알겠습니다."

한숨 놓은 김운청은 부상병을 수습해 물러났다.

당연히 우측 고지에 있던 장희재도 부하들과 3사로 복귀했다.

김운청은 장희재를 불러 칭찬했다.

"이번에 네가 큰 공을 세웠구나."

"앞을 정확히 내다보신 파총님의 혜안 덕분입니다."

김운청은 장희재의 아부에 피식 웃으며 생각했다.

상관 비위를 맞출 줄 아는 녀석이군.

거기다 실력도 뛰어나니 나중에 한자리하겠어.

한편, 고지를 넘겨받은 한도철은 공세를 위한 준비에 들어갔다.

"가져온 벼락 30문을 조립해서 고지에 나눠 배치해라!"

"예, 장군!"

곧 포부 장병이 부품을 모아 벼락을 조립했다.

벼락은 천둥을 운영하며 얻은 노하우를 반영해 개발한 야포다.

가장 큰 특징은 금속 포탄을 쓴단 점이다.

물론, 단점이 아예 없진 않았다.

무게는 확실히 천둥보다 많이 무거워졌다.

그래서 포신, 바퀴, 약실, 주퇴복좌기, 고정핀 등으로 해체해서 따로따로 싣고 다니다가 필요할 때 조립해서 사용했다.

포부 장병은 지위 고하에 상관없이 누구나 입에 단내가 날 때까지 벼락을 조립했다가 다시 해체하는 훈련을 반복한다.

덕분에 벼락 조립은 금세 끝났다.

마지막으로 벼락을 고정하고 조준기로 방열까지 마쳤다.

방열을 마치면 이제 포탄을 장전해 쏘는 일만 남은 셈이다.

일부 병사는 금속 포탄을 지게로 실어 와 벼락 옆에 쌓았다.

모든 준비를 마친 포부 지휘관이 깃발을 흔들었다.

언제든 포격이 가능하단 신호다.

신호를 보고 고개를 끄덕인 한도철이 물었다.

"불곰 전차는?"

"조립을 마쳤습니다."

한도철은 전방으로 시선을 돌렸다.

벼락에 강철을 씌워 방호력을 높인 전차들이 늘어서 있었다.

전차 뒤에는 포탄을 실은 수레의 모습도 보였다.

전차 부대까지 준비가 끝난 모습을 확인한 한도철이 명령했다.

"1사, 2사, 3사 보병은 전투 위치로!"

그 즉시, 개인 화기로 단단히 무장한 보병 1만여 명이 불곰 전차 후방으로 신속히 이동해 공격 개시 명령을 기다렸다.

보병 전개까지 마친 한도철은 망원경으로 전방을 관찰했다.

대규모 증원에 당황한 적은 쉽게 결정을 내리지 못하고 있었다.

상당한 시간이 흘렀음에도 여전히 조용했다.

"흥, 오지 않는다면 우리가 가는 수밖에."

한도철은 뱃심을 끌어올려 외쳤다.

"수어청 장병은 들어라!"

한도철은 태어날 때부터 목청이 좋았다.

그래서 다들 하던 일을 멈추고 목소리에 집중했다.

"구왈기야 오랑캐들이 우리 수어청을 보고 겁을 집어먹었는지 꽁지를 말고 집구석에 처박혀 나올 생각을 안 하고 있다!"

그 말에 여기저기서 웃음소리가 터졌다.

한도철은 흐뭇한 표정으로 다시 소리쳤다.

"집구석에 처박힌 놈을 혼내 주는 방법은 하나뿐이다!"

"……."

"우리가 먼저 그 집구석으로 쳐들어가 엉덩이를 차 주는
거지!"

"와아아아아!"

"수어청……, 출진하라!"

한도철의 명령이 떨어지기 무섭게 벼락이 먼저 불을 뿜었
다.

펑펑펑펑펑!

포탄이 쏜살같이 날아가 적진에 떨어졌다.

콰콰콰콰쾅!

충격 신관이 든 포탄이 폭발하며 불길과 흙먼지가 치솟았
다.

한도철은 틈틈이 망원경으로 탄착지를 확인했다.

적은 벼락의 사거리가 이렇게 길 줄 전혀 예상 못 한 듯했
다.

당황한 표정으로 엄폐물 쪽으로 몸을 날렸다.

천둥에 비해 벼락은 사정거리가 2배 넘게 늘어났다.

그 이유엔 여러 가지가 있었다.

우선 합금 기술이 몰라볼 정도로 좋아졌다.

제련 연구소는 기존에 쓰던 강철에 강도를 높여 주는 여
러 재료를 추가하는 실험을 통해 새로운 강철 합금을 완성했
다.

그리고 그 강철 합금은 당연히 가장 먼저 무기 제조에 쓰였
다.

덕분에 벼락의 포신을 원하는 만큼 늘릴 수 있었다.

철환에서 금속 포탄으로 바뀐 이유도 컸다.

포부가 전에 쓰던 포탄은 철환인 동그란 쇳덩이였다.

하지만 철환으론 한계가 명확했다.

사거리와 작약의 양에서 손해를 많이 보는 탓이다.

그래서 금속 포탄을 연구하기 시작했다.

운 좋게 딱 1년 전에 금속 포탄 개발이 끝나 양산이 이뤄졌다.

금속 포탄은 유선형이라 철환에 비해 저항을 덜 받았다.

마지막 원인은 장약의 발전을 꼽을 수 있었다.

화약의 품질을 높이는 연구를 계속해 왔는데 그게 약간 성과를 거둬 예전보다 추력이 훨씬 강력한 장약을 제조해 냈다.

벼락 30문이 포격을 열 번씩 했을 무렵.

만신창이로 변한 구왈기야군도 더는 버티지 못하고 퇴각했다.

한도철은 아쉽다는 듯 입맛을 다셨다.

그는 구왈기야군이 정면 대결을 펼쳐 오길 은근히 바랐다.

하지만 포격에 상당한 피해를 본 적은 후퇴를 택했다.

금세 아쉬움을 떨쳐 낸 한도철이 지시했다.

"전차, 보병, 포병, 사령부, 보급 순으로 적을 추격한다!"

"예!"

구왈기야군의 선봉을 박살 낸 수영청은 바로 추격에 들어갔다.

그리고 고지를 끝까지 사수하는 수훈을 세운 총융청은 후방으로 후퇴해 재정비한 다음에 예비 병력으로 잠시 대기했다.

전쟁에선 전황과 상관없이 반드시 예비 병력을 두어야 한다.

그래야 돌발 사태에 대비할 수 있다.

한편, 수영청이 서쪽에서 구왈기야군을 훈허강으로 몰아붙일 때, 윤준의 장용청은 북쪽으로 이동하여 대기하고 있었다.

윤준은 보고 있던 지도를 접어 품에 넣고 뒤를 돌아보았다.

경무장한 기병 3만 기가 그를 주시하고 있었다.

질서정연한 모습으로 명령을 기다리는 부하들을 보면서 윤준의 머릿속에서 그동안의 고생이 주마등처럼 스치고 지나갔다.

왕이 다음 목표를 만주로 정했을 때.

훈련도감은 기동 부대, 즉 기병의 필요성을 절감했다.

지금까지 훈련도감이 싸운 전장인 조선과 왜는 평지보다 산지가 많아 기동 부대보다는 보병이 훨씬 더 효율적이었다.

하지만 만주의 경우는 달랐다.

지평선 끝이 보이지 않을 정도로 지형이 광활해 구왈기야군의 주력 병종인 기병을 효과적으로 견제할 수단이 필요했다.

이완과 유혁연은 상의 끝에 장용청을 기동 부대로 편성했다.

장용청은 원래 기동전이 특기인 데다, 대장인 윤준 또한 기병 지휘에 일가견이 있어 사실 다른 선택지는 없는 거나 같았다.

하지만 병과를 기병으로 바꾸는 일은 쉽지 않았다.

군마를 대량으로 확보하는 일부터 난관의 연속이었다.

거기다 태어나서 평생 말이라곤 타 본 적 없는 젊은 병사들을 가르쳐 양질의 기병으로 만들기 위해 밤낮을 잊고 살았다.

근데 마침내 고생한 보람이 느껴지는 순간이 찾아왔다.

2단계 작전의 핵심이 바로 장용청이기 때문이다.

2단계 작전을 간단히 설명하면 이렇다.

주력 부대가 적을 훈허강으로 몰아붙여 섬멸하는 작전이다.

그래서 어영청과 총용청이 훈허강 근방에서 구왈기야군의 발을 잡고 늘어지면 수영청이 서쪽에서, 금위청이 북서쪽에서, 장용청이 북쪽에서 각각 적을 밀어붙이게 되어 있었다.

각 부대의 시작 위치만 봐도 알겠지만. 장용청이 가장 먼 데서 가장 긴 거리를 이동해 구왈기야군을 몰아붙여야 했다.

즉, 기병이 아니면 애초에 불가능한 작전인 거다.

작전 참모가 속삭였다.

"장군, 출발 시간이 임박했사옵니다."

"알겠네."

윤준은 가장 높은 고지로 올라가 웃으며 소리쳤다.

"지금부터 낙오하는 놈은 한 달간 마상 감옥에 있을 줄 알아라!"

그 말에 다들 정신이 번쩍 들었다.

마상 감옥은 장용청에만 있는 영창이다.

군법 회의에 보내기에는 죄가 약하고 그렇다고 경고로 끝내기에는 죄가 중한 장병이 가는 곳이 영창이라 할 수 있다.

근데 장용청에선 영창을 말 위에 차려 놓았다.

영창 처분이 내려지면 그동안 말 위에서 한 발자국도 밑으로 내려오지 못하고 먹고 자고 싸며 폐인처럼 살아야 했다.

낭연히 아수 고통스러웠다.

그래서 일주일만 해도 다들 죽으려고 들었다.

근데 낙오하면 그걸 한 달이나 해야 한단다.

없는 정신도 들 수밖에.

부하들의 눈빛이 번득이는 모습을 확인한 윤준은 그대로 기수를 돌려 훈허강이 있는 남쪽으로 미친 듯이 말을 몰았다.

그리고 그 뒤를 장용청 3만 기병이 죽어라 뒤쫓았다.

그들은 앞에서 먼지구름이 크게 일면 고글을 써 가며 달렸다.

또, 작은 개울이나 돌무지 정돈 그냥 통과했다.

그렇게 반나절을 정신없이 달렸을 무렵.

구왈기야군의 후위가 장용청 앞에 나타났다.

드디어 결판낼 시간이 찾아온 거다.

윤준은 말의 속도를 줄이지 않으면서 재빨리 적진을 훑었다.

짐과 부상병을 가득 실은 수레가 끝도 없이 이어졌다.

심양성으로 철수 중인 구왈기야군의 보급 부대가 틀림없었다.

"때를 정확히 맞췄구나."

쾌재를 부른 윤준은 바로 공격을 명했다.

그 즉시, 성난 기병 3만 명이 함성을 지르며 언덕을 내려갔다.

3만 기병이 일제히 돌진하는 모습은 장관이었다.

지축을 흔드는 충격파.

심장 박동을 닮은 거친 말발굽 소리.

안개처럼 솟아오르는 만주의 황토 먼지.

윤준은 참모부와 고지로 이동해 망원경으로 전선을 관찰했다.

"역시 기병은 이런 맛이지."

적도 단독으로 보급 부대를 운영하진 않았다.

곧 보급 부대를 호위하기 위해 따라온 기병 수만 명이 나섰다.

점점 가까워지는 두 기병 부대를 보며 윤준이 아쉬움을 삼켰다.

"기병 무기는 확실히 구왈기야 쪽이 위군."

구왈기야군은 주력 병종이 기병이다.

그래서 기병용 무기가 유달리 발전했다.

특히, 권총과 카빈의 성능은 꽤 감탄할 만했다.

조선군이 화기 연구소를 통해 무기 개발에 힘썼듯 청나라도 십수 년의 세월을 이전투구만 하며 보내진 않았단 뜻이다.

구왈기야군도 엄밀히 보면 시초가 청나라 양황기니까.

반면 조선군은 지형 특성으로 인해 보병이 주력이다.

그래서 무기도 보병 위주로 발전했다.

송골매, 비격뢰, 진천탄, 솔개포 모두 보병용 무기다.

거기다 개발 중인 참수리 기관총까지 포함하면 조선군 보병 무기 체계는 타의 추종을 불허하는 수준에 이르러 있었다.

상대적으로 기병 무기는 발전이 더딜 수밖에 없었다.

몇 년 전, 장용청을 기동 부대로 재편하기 전까진 대규모 기병 부대를 편성하지 않아서 어쩌면 당연한 일일 수도 있었다.

장용청 기병도 소총인 송골매를 제공받았다.

하지만 마상에서 쓰기엔 아무래도 불편했다.

후장식에 금속 탄환을 쓰면서 전보단 장전이 편해지긴 했다.

하지만 기병의 평균 신장이 160센티미터에 불과해 쉽지 않았다.

신장이 작으면 팔 길이도 같이 짧아지니까.

그래서 장용청 기병은 송골매를 부무장으로 사용했다.

대신, 평소에 비격뢰와 군도를 주 무장으로 훈련했다.

장용청과 구왈기야군의 간격이 줄었을 때.

구왈기야군 기병이 카빈으로 장용청 기병을 겨누었다.

타타타탕!

총알에 맞은 장용청 기병 수십 기가 바닥을 굴렀다.

그래도 장용청 기병은 굴하지 않고 계속 질주했다.

윤준은 땀이 잔뜩 밴 손을 옷에 닦으며 중얼거렸다.

"그래, 잘하고 있다. 기병은 어떻게든 움직여야 한다. 기동하지 않는 기병은 그저 맞히기 좋은 커다란 과녁일 뿐이니까."

잠시 후, 장용청 기병이 하얀색 비격뢰를 뽑아 점화했다.

근데 어찌 된 일인지 비격뢰를 바로 던지지 않았다.

비격뢰 자체도 이상했다.

원래 지연 신관을 쓰는 비격뢰는 몇 초 후에 폭발한다.

근데 폭발하긴커녕, 짙은 안개 같은 연기만 피워 올리고 있었다.

망원경으로 지켜보던 윤준이 고개를 끄덕였다.

"연막탄을 제때 사용했군."

구왈기야군 기병이 카빈과 권총 같은 화기로 무장했단 말을 들은 윤준은 상부에 연막탄의 필요성을 몇 번이나 강조했다.

적 기병이 카빈과 권총을 쏘며 달려들면 장용청 기병은 눈앞에서 날아드는 총알이 제발 빗나가길 기도하는 수밖에 없었다.

장용청의 소요 제기에 일리가 있다고 판단한 훈련도감은 서유럽회사 화기 연구소에 연막탄을 개발해 달라는 주문을 하였다.

이에 화기 연구소는 비격뢰를 개조해 연막탄을 만들었다.

연막탄은 특수한 기술이 필요 없는 데다 기존 공장에서도 충분히 제조할 수 있어 '비연뢰'란 이름으로 양산에 들어갔다.

그렇지 않아도 모래 먼지가 심한 환경이었다.

근데 지금은 연막탄까지 뿌려졌다.

암흑천지가 따로 없었다.

적 기병이 할 수 있는 일이라곤 전방으로 카빈과 권총을 닥치는 대로 난사해 상대가 총알에 맞길 기도하는 일뿐이었다.

물론, 조준하고 쏴도 맞을까 말까 한 상황에서 눈먼 장님이 쏜 듯한 총알에 맞을 만큼 운이 없는 기병은 많지 않았다.

그때, 장용청 기병이 비격뢰 하나를 더 꺼내 점화했다.

그리고 이번엔 들고만 있지 않았다.

바로 전방으로 비격뢰를 힘껏 투척했다.

빙글빙글 돌며 날아간 비격뢰가 공중에서 펑 하며 폭발했다.

펑펑펑펑펑!

비격뢰가 공중에서 터질 때마다 쇳조각이 사방으로 날아갔다.

파파파파팟!

쇳조각은 사람과 말을 가리지 않고 파고들었다.

즉사할 위력은 아니었다.

하지만 기동 불능, 혹은 전투 불능으로 만들기에는 충분했다.

구왈기야군 기병 선봉은 비격뢰에 당해 전멸했다.

윤준은 참지 못하고 환호성을 질렀다.

"그래, 아주 잘했다!"

윤준의 환호성에 참모들도 같이 기쁨의 함성을 질렀다.

비격뢰는 장용청의 주력 무기였다.

훈련 때마다 수십 개씩 던져 보며 감을 잡으려 노력했다.

근데 훈련 중에 아주 중요한 사실을 하나 알아냈다.

비격뢰가 지면에 떨어진 상태로 폭발할 때보다 공중에 뜬 상태로 터질 때 적에게 더 큰 손해를 입힌다는 사실이었다.

윤준은 그때부터 비격뢰가 가장 큰 손해를 입힐 수 있는 각도와 위치를 계산해 장병에게 알려 주고 훈련하게 하였다.

그리고 병사들은 배운 대로 완벽하게 비격뢰를 투척했다.

당연히 가르친 윤준 입장에선 뛸 듯이 기쁠 수밖에.

비격뢰를 던져 기세를 잡은 장용청 기병은 바로 군도를 뽑았다.

그리고 마침내.

양측의 대규모 기병이 달려오던 기세 그대로 정면충돌했다.

펑펑펑펑펑!

양측의 기병이 충돌하며 발생한 타격음이 엄청났다.

전선에서 누가 수백 개의 북을 동시에 두드린 듯했다.

전황은 그때부터 180도 바뀌었다.

기병 수만 명이 뒤엉켜 싸우는 백병전이 펼쳐진 거다.

처음엔 막상막하하였다.

하지만 얼마 지나지 않아 장용청이 구왈기야군을 압도했다.

기세, 사기, 훈련량에서 장용청이 상대를 앞선 거다.

이런 전근대적인 기병전에서는 결국 개인 기량이 중요했다.

근데 그 개인 기량에서 압도한다면 더 볼 필요도 없는 셈이다.

일대일 대결에서 이긴 장용청 기병은 바로 동료를 지원했다.

적은 장용청 기병 하날 상대하다가 두 명을 상대해야 했다.

두 명을 상대하던 적은 곧 세 명에게 둘러싸였다.

망원경으로 구왈기야군 기병이 훈허강으로 밀려나는 모습을 지켜보던 윤준은 참모장에게 쐐기를 박으란 명령을 내렸다.

참모장은 바로 예비 병력을 투입했다.

사실 예비 병력이라기보단 장용청 정예란 표현이 더 맞았나.

그들은 함경도 토병, 혹은 겸사복 출신 노병으로 나들 니이가 많아서 젊은 병사처럼 몇 시간 동안 싸우기는 힘들었다.

하지만 기병전에 관한 경험만큼은 그들을 따를 자가 없었다.

윤준도 그런 이유로 그들을 예비 병력으로 돌려 최대한 아껴 놓았다가 적이 패색이 짙어졌을 때를 노려 전선에 투입했다.

예비 병력은 편곤을 들고 기세 좋게 돌격했다.

편곤은 도리깨처럼 생긴 무기다.

그래서 형태도 자편과 모편으로 나누어져 있는데 모편을 휘두르면 쇠사슬로 이어진 자편이 날아가 상대를 타격한다.

편곤은 기병전에선 아주 위력적이지만 쓰기가 쉽지 않았
다.

잘못 휘두르면 자편에 자기가 맞을 위험이 있었다.

장용청도 그런 이유로 노련한 기병에게만 편곤을 지급했다.

편곤 기병은 위력이 확실히 대단했다.

자편으로 적의 머리나 가슴을 타격하면 최소 중상을 입혔
다.

그렇게 30여 분을 더 싸웠을 때.

마침내 구왈기야군 기병이 포위당해 훈허강 강가로 밀려
났다.

보병도 마찬가지지만 기병도 물에선 기동하기가 쉽지 않
았다.

아니, 어떤 면에선 보병보다 기병이 더 어려웠다.

말은 겁이 많아 지상에서도 제어하기가 쉽지 않은 짐승이
었다.

하물며 그곳이 급류가 흐르는 강이라면 더할 수밖에 없었
다.

여기저기서 놀란 군마가 홰를 치며 기병을 떨어트렸다.

장용청 기병은 강으로 따라 들어가지 않고 비격뢰를 던졌
다.

펑펑펑펑펑!

비격뢰가 공중에서 폭발할 때마다 적 기병이 피를 쏟아
냈다.

남빛이던 훈허강의 물색이 금세 붉게 변했다.

장용청 일부 기병은 말에서 내려 송골매로 사격했다.

비격뢰 폭발음과 송골매 총성이 한동안 어지럽게 이어졌다.

최후까지 남아 저항하던 구왈기야 왕족들이 죽었을 때.

살아남은 적 기병 대다수가 무기를 버리고 항복했다.

적 기병 포로만 5,000명에 가까웠다.

보급 부대 포로까지 합치면 2만 명이 넘었다.

구왈기야군 보급 부대는 병사가 아니라, 일꾼이었다.

그들은 구왈기야군이 패하는 순간, 손을 높이 들고 항복했다.

전사자는 포로보다 훨씬 많았고 도망친 자는 소수였다.

전장으로 내려온 윤준은 참모부에 서둘러 지시했다.

"포로는 도망치지 못하도록 옷을 죄다 벗겨 줄로 엮어 놓으시오."

"알겠습니다."

"보급품을 실은 수레를 이용해 요충지마다 방어선을 만드시오. 그리고 수레 앞에는 철조망과 진천탄 2형을 설치하시오."

참모장이 물었다.

"수레에 타고 있던 적의 부상병은 어찌합니까?"

"한쪽에 모아 놓으시오. 그들의 생사는 하늘이 결정해 줄 테니까."

"예, 장군."

명을 받은 참모들이 바쁘게 움직이며 전장을 정리했다.

한편, 장용청이 심양으로 가는 주요 퇴로를 전부 차단했단 소식을 들은 구왈기야군은 유일한 출구인 북서쪽으로 향했다.

그들이 급히 황량한 언덕 하나를 넘었을 때.

눈에 닿는 곳에는 전부 금위청이라 적힌 큰 깃발이 나부꼈다.

마침내 훈련도감 5청 중에서 가장 강한 금위청이 나선 거다.

금위청 대장 유엽은 말없이 오른팔을 앞으로 뻗었다.

그 즉시, 사방에서 명령이 이어졌다.

"불곰 전차 부대 출진하라!"

"보병은 전차 뒤에 붙어 엄폐하며 이동하라!"

"포부는 고지를 선점하여 방열에 나서라!"

가장 먼저 불곰 전차 부대가 언덕을 내려갔다.

그리고 그 뒤에서 금위청 보병 수만 명이 엄폐하며 이동했다.

구왈기야군도 이젠 다른 방법이 없다는 걸 안 모양이다.

피하지 않고 전력으로 금위청을 상대했다.

두두두두두!

불곰 전차의 강철 바퀴가 지면을 가르다가 멈춰 섰다.

전차라고 했지만, 여전히 동력은 인력이었다.

말이나 소는 불곰 전차 구조상 사용이 힘들었다.

전차를 밀던 전차병 수십 명이 벼락에 포탄을 장전해 쏘았다.

펑펑펑펑펑!

포를 발사할 때마다 전차가 쿠릉 하는 소리를 내며 진동했다.

콰콰콰콰쾅!

직사로 날아간 포탄이 구왈기야군 중앙을 가르다가 폭발했다.

포탄이 폭발할 때마다 흙과 파편이 사방으로 튀었다.

파편에 휩쓸린 구왈기야군 기병이 뭉텅이로 쓰러졌다.

구왈기야군 기병은 돌격하면서 카빈과 권총으로 전차를 쏘았다.

하지만 전차에는 흠집만 날 뿐, 구멍이 뚫리진 않았다.

카빈과 권총 탄환으론 전차의 강철 장갑을 뚫지 못했다.

이번에는 금위청 보병이 송골매로 일제 사격을 가했다.

돌격하던 구왈기야군 기병 수백 명이 군마와 함께 쓰러졌다.

기병 중 일부는 전차를 무시하고 보병에게 직접 달려들었다.

하지만 보병이 던진 비격뢰에 저지당해 뜻을 이루지 못했다.

잠시 후, 고지를 선점한 포부가 벼락으로 지원 포격까지 하였다.

금위청은 불곰 전차, 벼락, 그리고 송골매와 비격뢰로 물 샐틈없는 화망을 구축해 구왈기야군의 돌격을 분쇄해 나갔다.

구왈기야군은 끊임없이 기병 돌격을 시도했지만 소용없었다.

화망에 걸리면 빠져나갈 방도가 없었다.

개전한 지 1시간도 지나지 않아서 초반부터 구왈기야군을 압도하던 금위청은 적을 훈허강 방면으로 거세게 몰아붙였다.

거기다 전장에 도착한 수어청까지 합세해 북쪽과 동쪽 양쪽에서 구왈기야군을 맹렬히 몰아쳐 숨 돌릴 틈을 주지 않았다.

구왈기야군은 마지막 힘을 쥐어짜 내 서쪽에 있는 장용청 방어선을 돌파하려 했으나 철조망과 진천탄에 막혀 실패했다.

결국, 삼면이 모두 조선군에 막힌 구왈기야군은 남쪽에 있는 훈허강을 이용해 배수진을 펼치는 결사 항전을 선택했다.

조선군은 마치 방앗간에서 기름을 짜는 것처럼 구왈기야군의 저항을 차근차근 분쇄해 가며 적을 강 속으로 밀어 넣었다.

구왈기야군 상당수가 혼란 중에 익사했다.

아니면 스스로 강물에 몸을 던져 목숨을 끊거나.

시체가 얼마나 많았던지 훗날 들려온 얘기에 따르면 몇 년 동안 가뭄이 들어도 훈허강에서 물을 뜨는 이가 없다고 했다.

만주 경략의 1단계가 마무리되는 순간이었다.

이완이 훈허강 전투의 전과에 대해 보고했다.

"구왈기야군 12만 명 중에서 5만 명을 포로로 잡았사옵니다."

"나머진?"

"대부분 죽거나 다쳤사옵니다. 도망친 자는 아주 적사옵니다."

"포로는 전처럼 본국으로 보내 노역시키시오."

"알겠사옵니다."

대답한 이완이 이름이 빼곡히 적힌 서류를 건넸다.

"이번에 훈포장을 받기로 한 장병의 명단이옵니다."

난 명단을 읽다가 낯익은 이름 하나를 발견했다.

"장희재?"

명단을 작업한 유혁연이 대신 대답했다.

"총융청 3부 3사 소속인 장희재는 300명의 결사대를 지휘해 적에게 빼앗긴 고지를 탈환하는 공을 세웠다고 하옵니다."

"잘했군. 이대로 처리하시오."

"예, 전하."

이완 등이 물러간 후.

난 장희재에 대해 생각했다.

장희재는 장옥정의 오빠다.

서유럽회사 사장 장현에게는 조카이고.

내가 아는 역사에서 장옥정은 숙종의 후궁인 희빈 장 씨로 오빠인 장희재와 조선을 쥐락펴락하다가 비참한 말로를 맞는다.

근데 내가 개입하면서 역사가 많이 바뀌었다.

이젠 숙종도, 희빈 장 씨도 없을 거다.

물론, 세자가 장옥정을 빈이나 후궁으로 맞을 순 있을 테지만, 전에 장현을 통해 경고해 둔 터라 그런 일은 없을 거다.

그렇게 생각하며 장씨 오누이를 한동안 머릿속에서 잊고 지냈는데 생각지도 못한 전쟁터에서 장희재란 이름을 들었다.

어찌해야 하나 고민하다가 그냥 두기로 했다.

영 아니다 싶으면 그때 쫓아내도 되니까.

전장 정리가 어느 정도 끝났을 때였다.

이완이 급히 들어와 아뢰었다.

"전하, 구왈기야 오보이로 보이는 자의 시체를 찾았사옵니다."

"어디에서 찾았소?"

"훈허강 동쪽 강변이었사옵니다."

"그는 어쩌다가 죽었소?"

"스스로 물속으로 뛰어들어 익사한 듯하옵니다."

"오보이가 맞는지 확인했소?"

"오보이의 얼굴을 아는 자를 수소문해 시체를 보게 했사옵니다."

"그가 맞다고 했소?"

"오보이가 틀림없다고 하옵니다. 또한, 입고 있는 용포와 몸에 걸친 장신구 등으로 봤을 때 오보이가 맞는 거 같사옵니다."

"오보이의 아들, 시후나는 찾았소?"

"아뢰옵기 황송하옵게도 찾지 못하였사옵니다."

난 말없이 고개를 끄덕였다.

시후나가 죽었으면 킬 메시지가 떴을 거다.

근데 뜨지 않을 걸 보면 시후나는 아직 살아 있겠지.

난 생각을 정리하고 나서 물었다.

"수군은 어찌하고 있소?"

"통제영이 보내온 소식에 따르면 요동만에 무사히 상륙했다고 하옵니다. 지금쯤이면 매복을 마쳤을 것이옵니다."

"좋소. 그러면 이제 만주 경략 2단계로 나아갑시다."

"예, 전하."

대답한 이완은 바로 훈련도감을 움직여 심양성을 공격했다.

심양성은 성벽이 높고 단단했다.

처음부터 후금의 왕성이었던 데다, 구왈기야군이 이곳에 둥지를 틀면서 한 번 더 개축을 단행해 성벽 규모가 더 커졌다.

물론, 그렇다고 화포에 견딜 정도로 단단하진 않았다.

훈련도감은 가져온 벼락 150문을 전부 가동해 성을 포격했다.

가랑비에 옷 젖는다 말처럼 처음에는 잘 버티던 심양성도 시간이 갈수록 피해가 누적되어 결국 성벽 한쪽이 무너졌다.

이완은 성벽이 무너졌다고 무조건 병력을 밀어 넣지 않았다.

대신, 포격을 끊임없이 가해 적을 고통스럽게 만들었다.

훈련도감이 포격하는 기간이 점점 길어질수록 심양성은 성 바깥부터 폐허로 변해 이젠 성이라고 부르기조차 민망했다.

난 가끔 막사 밖으로 나와 포격을 구경했다.

벼락이 쏜 포탄 하나가 옹성의 약한 부분을 건드린 모양이다.

쿠우웅!

굉음과 함께 거대한 옹성이 모래성처럼 허물어졌다.

그 모습을 보며 만주 경략이 곧 끝날 거 같단 예감을 받았다.

◆ ◆ ◆

조복양은 망원경으로 주변 지형을 확인했다.

장성에서 심양성으로 이어지는 도로가 넓게 펼쳐져 있었다.

도로 양쪽에는 얕은 구릉이 이어지는 황무지가 있었다.

조복양은 망원경의 방향을 황무지 너머로 옮겼다.

위장막 속에 숨어 대기하는 충무청 장병이 보였다.

충무청은 쉽게 말해 수군이 보유한 육군이다.

즉, 조선 수군이 운용하는 해병대인 셈이다.

상륙 작전에 일가견이 있는 조복양은 수군으로부터 충무청 설립과 육성을 도와 달란 부탁을 받고 과감히 자리를 옮겼다.

총융청 대장이 앞으로 올라갈 수 있는 자리는 도원수, 도제조 두 자리 정돈데 이완, 유혁연이 정정해 기약이 없었다.

그렇다고 무작정 때를 기다리자니 유엽, 윤준 같은 젊은 친구들이 무섭게 치고 올라오는 통에 기회가 나지 않을 거 같았다.

그래서 수군에서 제의가 왔을 때 바로 승낙했다.

막 시작하는 단계인 충무청을 맡으면 일이야 많아질 테지만 이제 진급에 연연할 필요가 없단 점 하난 마음에 들었다.

이번 만주 경략에서 수군이 할 일은 많지 않았다.

구왈기야군은 수군을 거의 운용하지 않아 싸울 상대가 없었다.

하지만 만주 경략의 대미를 장식할 수 있는 중요한 임무 하나가 수군에 떨어졌는데 바로 충무청이 요동만에 상륙해 장성에서 오는 구왈기야군 증원 병력을 차단하는 임무였다.

구왈기야군의 진짜 적은 조선이 아니라, 강희제의 청나라였다.

그래서 국경이 있는 장성에 많은 병력이 나가 있었다.

근데 신양성이 위태로워지면 장성에서 병력을 보내 도우려 할 거기 때문에 충무청은 그들을 차단하는 임무를 맡았다.

그때, 장성으로 정찰 나간 수색대가 돌아와 보고했다.

"서쪽에서 구왈기야군 6만여 명이 급히 이동 중인 모습을 확인했습니다. 아마 세 시간 정도면 이 지역을 통과할 겁니다."

"고생했다. 가서 쉬어라."

"예, 장군."

수색대가 휴식을 취하러 떠난 후.

조복양은 내심 쾌재를 불렀다.

만주가 광활하리만큼 넓어서 장성의 구왈기야 지원군이

어느 도로를 이용해 심양성으로 갈지 예측하기가 쉽지 않았다.

조복양은 고민 끝에 가장 넓은 도로를 매복 장소로 골랐다.

대군이 이동하기 위해선 도로가 넓어야 하니까.

적은 조선군이 벌써 여기까지 왔을 거라곤 꿈에도 생각 못할 것이기에 평소처럼 이 도로를 이용할 거라 내다본 거다.

근데 그 예측이 정확히 맞아떨어졌다.

이제는 해병대의 두 배에 가까운 6만여 적을 어떻게 상대할지가 문제인데 조복양은 그 점에 대해선 걱정하지 않았다.

이미 준비를 완벽히 마친 상태였기 때문이다.

세 시간 후.

두두두두두!

기병 대군이 질주하는 소리가 점점 크게 들려왔다.

조복양은 수신호로 충무청 전군에 준비하란 신호를 보냈다.

뜨거운 햇살이 만든 아지랑이가 꽃처럼 피어오를 때.

마침내 구왈기야군 6만 대군이 매복 지역으로 들어왔다.

조복양은 포복한 자세로 엎드려 망원경을 눈으로 가져갔다.

워낙 엄청난 병력이라 통과하는 데만 거의 한 시간이 걸렸다.

6만 대군이 흙먼지를 피워 올리며 질주하던 그때.

퍼퍼퍼퍼펑!

도로에 매설해 둔 진천탄 2형이 연달아 폭발했다.

흙과 파편이 사방으로 튀어 오르며 군마와 기병을 휩쓸었다.

매복 공격에 소스라치게 놀란 구왈기야군은 급히 멈춰 섰다.

하지만 병력이 많으면 멈추는 일조차 쉽지 않았다.

앞에선 멈추고 싶더라도 뒤에서 계속 밀어 대면 방법이 없었다.

거기다 운이 나쁘면 서로 충돌하기까지 하였다.

진천탄 2형에 당한 적은 몇백 기에 불과했다.

하지만 떠밀리다가 맘발굽에 밟혀 죽은 적은 그 몇 배였다.

구왈기야군이 혼란스러워진 틈을 타 조복양이 재빨리 명했다.

"퇴로를 막아라!"

"예!"

참모들은 깃발로 신호를 보냈다.

곧 충무청 부대 하나가 장성 방향 퇴로에 철조망을 설치했다.

심지어 한 겹도 아니라 여러 겹이었다.

마치 짐승을 가두는 우리를 세우는 듯했다.

앞에서 철조망을 설치할 때.

뒤에서는 다른 부대가 진천탄 2형을 땅에 매설했다.

앞뒤로 진천탄을 매설해 달아날 틈을 주지 않겠단 포석이다.

철조망을 어느 정도 완성하기 무섭게 조복양이 명을 내렸다.

"포격하라!"

조복양의 명은 복창을 통해 전파되었다.

"포격하라!"

"포격하라!"

그 즉시, 위장막으로 씌워 둔 벼락과 솔개가 포격을 개시했다.

퍼퍼퍼퍼펑!

탄착점을 고려해 가며 포를 미리 배치해 둔 터라 포탄이 마치 바둑판 격자를 그리듯 떨어져 구왈기야군을 융단폭격했다.

진천탄 2형에 당한 충격을 해소하기도 전에 양쪽 고지에서 쏟아지는 포탄 세례에 놀란 구왈기야군은 통제를 벗어났다.

구왈기야군 대다수가 기수를 돌려 장성 방향으로 달아났다.

하지만 그곳엔 이미 철조망이 숲을 이루고 있었다.

몇몇은 철조망을 뚫겠다고 덤볐다가 피떡 신세를 면치 못했다.

약간 잔혹하긴 하지만 특수 제작한 철조망의 가시는 한번

살을 파고 들어가면 낚싯바늘처럼 쉽게 빠지지 않는 구조였다.

철조망으로 뛰어드는 행위는 스스로 목숨을 끊는 거와 같았다.

퇴로가 막힌 걸 안 구왈기야군은 다시 심양성으로 달아났다.

하지만 충무청은 진천탄을 몇 리에 걸쳐 매설해 둔 상태였다.

이쯤이면 끝났겠지 싶을 때.

발밑에서 진천탄이 폭발해 적을 공포로 몰아넣었다.

이젠 적들도 눈치챘다.

그들이 이 지옥과 같은 사지에서 살아남기 위해선 조선군이 점령한 양쪽 고지를 빼앗는 수밖에 없다는 사실을 말이다.

말을 타고 오르기에는 고지 경사가 가팔랐다.

기병 대부분이 말에서 내려 무기를 들고 고지를 기어올랐다.

그 와중에도 지옥 같은 포격은 이어졌다.

차라리 길보다 고지에 있는 편이 안전할 지경이었다.

하지만 그게 큰 착각이었음이 금방 드러났다.

고지 위에 있던 충무청 장병이 본격적으로 전투에 뛰어들었다.

송골매를 쏘고 비격뢰를 던졌다.

적이 조금 접근했다 싶으면 진천탄 1형을 터트렸다.

콰아아아앙!

엄청난 굉음을 내며 폭발한 진천탄 1형에서 쇠구슬 수천 개가 부채꼴 모양으로 튀어 나가 일대를 쑥대밭으로 만들었다.

누렇던 고지가 금세 피에 물들어 검붉게 변했다.

파상공세를 한 시간쯤 펼쳤을 무렵.

살아남은 구왈기야군 수만 명은 더는 버티지 못하고 항복했다.

조복양은 즉시 병사들을 내려보내 적의 무장을 해제시켰다.

그제야 긴장이 약간 풀린 조복양은 서쪽 하늘을 올려다보았다.

지금쯤이면 그쪽에서도 작전을 시작했을 거다.

대장사 오효성은 구왈기야군으로 위장한 팔장사 병력 5,000여 명과 함께 만리장성의 동쪽 끝인 산해관으로 접근했다.

원래 산해관 앞에는 명나라가 건설한 수십 개의 성이 있었다.

쉽게 말해 명나라가 장성 앞에 전초 기지를 세운 거다.

명 말의 명장 원숭환이 세운 걸로 유명한 영원성도 그런 성 중 하나였는데, 지금은 구왈기야군이 들어가 지키고 있었다.

하지만 그동안 통과한 어떤 성에서도 팔장사를 막지 않았다.

다들 몸과 옷에 먼지와 검댕을 잔뜩 묻힌 상태라서 그들이 조선에서 온 팔장사란 사실을 외관으로 파악하긴 어려웠다.

거기다 맨 앞에는 구왈기야군에서 포섭한 이들 300여 명을 세워 두었기 때문에 외모나 말투로 가려내기도 쉽지 않았다.

물론, 가장 큰 이유는 방심이었다.

심양성에 조선군이 쳐들어왔단 소문을 들었다.

얼마 전에는 장성에서 6만 대군이 지원을 나가기도 하였다

하지만 심양성과 이곳 장성은 수만 리 떨어져 있었다.

심양성도 아직 점령하지 못한 조선군이 벌써 이곳에 당도할 리가 없다는 자의적인 판단에 팔장사를 검문하지 않았다.

팔장사는 그렇게 산해관 바로 앞까지 무사히 당도했다.

오효성의 눈빛 신호를 받은 구왈기야군 출신 장수가 소리쳤다.

"우린 장성을 방어하란 명을 받고 금주에서 급히 온 부대요!"

장수의 말에 바로 산해관 성문이 열렸다.

오효성은 너무 쉽게 열려서 오히려 함정인 줄 알았다.

하지만 구왈기야군 출신 장수에 따르면 그건 아니었다.

"이곳에선 몇 년 동안 별다른 전투가 일어나지 않았기에 기강이 해이해져 있습니다. 그리 놀라운 일은 아니란 뜻이지요."

고개를 끄덕인 오효성은 팔장사를 이끌고 산해관에 입성했다.

그다음이야 식은 죽 먹기나 다름없었다.

산해관에 들어가는 게 어렵지, 일단 들어가기만 하면 팔장사는 거의 무적과 다름없어 불과 한나절 만에 관을 점령했다.

심양성에서 저항하던 구왈기야군 수뇌부는 장성에서 지원을 오던 6만 대군이 대패했단 소식에 결국, 항복을 선택했다.

만주의 다른 지역에서 산발적으로 저항하던 구왈기야군도 산해관이 넘어갔단 소식에 놀라 몽골로 달아나거나 항복했다.

만주 경략이 마무리되는 순간이었다.

조선군은 심양성을 보름 가까이 포격했다.

그사이 성벽과 옹성은 전부 폐허로 변해 버렸다.

그나마 포격 범위 밖에 있던 덕분에 궁전은 아직 멀쩡했는데.

청나라 황제가 조상 묘에 제를 지내러 올 때마다 부족장과 제후국 사신을 접견하던 거대한 전각이 궁전 중심에 있었다.

창덕궁으로 치면 인정전, 경복궁으로 치면 근정전인 셈이다.

조선 기록에 따르면 누르하치가 심양성에 궁전을 처음 세웠을 때만 해도 황토와 나무로 지은 평범한 토성에 불과했다.

하지만 세월이 50년 넘게 흐르는 동안, 많은 점이 바뀌었다.

우선 청나라가 중원을 차지한 덕분에 돈과 인력이 넘쳐났다.

이를테면 지역에서 한가락 하던 졸부가 대재벌이 된 셈이다.

물론, 청은 그 후에 수도를 심양에서 북경으로 옮겼다.

하지만 자신들의 뿌리를 잊진 않아서 중원을 정복하면서 얻은 재화와 인력으로 심양성의 궁전을 사치스럽게 단장했다.

이젠 그 덕을 청이 아니라, 내가 보겠지만 말이다.

난 수행원을 데리고 전각 안으로 들어갔다.

궁전은 화려하단 말 외엔 덧붙일 말이 없었다.

금박을 입힌 용무늬가 새겨진 붉은 기둥 수십 개가 천장을 떠받치는 대청이 있었고 그 대청 너머에 옥좌가 자리했다.

옥좌로 걸어가다가 뭔가 느낌이 싸해 뒤를 돌아보았다.

왕두석이 기둥 하나에 매미처럼 달라붙어 있었다.

저놈이 만주 뙤약볕을 너무 많이 받아서 드디어 미쳤나?

난 놈이 뭘 하나 유심히 지켜보았다.

다른 수행원들은 내 뜻을 알아차리고 숨소리조차 내지 않았다.

그때, 왕두석이 금박 용무늬를 앞니로 콱 찍었다.

난 이마를 짚었다.

그제야 놈이 뭘 하는지 안 거다.

금이 진짜인지 알아보려고 저 짓을 하는 거였구만.

난 고개를 절레절레 저으며 물었다.

"금이 진짜더냐?"

왕두석이 신이 나서 지껄였다.

"예, 전하. 틀림없는 진짜이옵니다."

"그래, 다행이구나."

"이 용 좀 보시옵소서. 우라지게 크지 않사옵니까? 아마 용꼬리 하나만 제대로 벗겨 내 가져가도 삼대가 먹고살겠사옵니다. 어휴, 오랑캐 놈들은 할 짓이 없어 기둥에다가……."

침까지 튀겨 가며 설명에 열을 올리던 왕두석이 싸늘한 시선을 느낀 듯 갑자기 입을 다물더니 옥좌로 후다닥 뛰어갔다.

저놈이 정말 미쳐서 나보다도 먼저 옥좌에 앉으려고 저러나?

속으로 막 그런 생각을 하는데.

왕두석이 더러운 철릭 자락으로 옥좌에 묻은 먼지를 닦아냈다.

"헤헤, 소관이 옥좌를 깨끗이 닦았사옵니다. 어서 앉으시옵소서."

"다행히 완전히 미치진 않았군."

"아이고, 여기 때가 묻었네. 이런 건 침을 발라서 닦아야……."

"됐어. 인마!"

난 고개를 절레절레 저으며 옥좌에 앉았다.

좀 찜찜했지만 서 있는 것보단 나으니까.

왕두석 그 옆에서 살았다는 듯 안도의 숨을 쉬었다.

지켜보던 홍귀남과 쌍둥이 등은 그저 어이가 없을 뿐이었다.

그러면서 동시에 왕두석에게 부러운 눈길을 보냈다.

홍귀남과 쌍둥이도 날 모신 지 거의 10년이 넘어간다.

하지만 나와 왕두석 사이에 쌓인 유대감은 흉내도 내지 못한다.

그건 내가 가장 어려웠던 시절 왕두석에게 도움을 받으면서 쌓인 유대였기에 방법을 알아도 시도할 수단이 없는 거다.

그들은 좀 전에 왕두석이 한 짓을 자기가 했으면 호통으로 끝나지 않는단 거를 알기에 감히 따라 할 생각을 못 했다.

잠시 후, 이완과 이여발이 보고를 위해 들어왔다.

먼저 이완이 보고했다.

"전하, 어영청이 팔장사가 점거한 장성을 넘겨받았사옵니다."

"팔장사에 바로 복귀하지 말고 몽골과 이어진 국경을 돌아보면서 구왈기야군의 잔당이 있으면 바로 토벌하라고 하시오."

"알겠사옵니다."

이어 이여발이 수군의 진척 사항을 알려 왔다.

"충청 수영과 충무청이 금주에서 어명을 기다리고 있사옵니다."

"충무청은 요동반도에 있는 잔당을 토벌하고 충청 수영은 대련으로 들어가 그곳에 항구와 수군 기지를 건설하라 하시오. 앞으로 대련을 제물포에 버금가는 항구로 키울 생각이오."

"바로 시행하겠사옵니다."

요동반도 끝에 있는 대련은 경제, 군사 양면에서 아주 중요한 항구로 반드시 완벽히 점령해 조선군이 이용해야 했다.

요동반도는 중국을 향해 칼을 겨눈 형태로 생겼다.

그렇다면 그 끝에 있는 대련은 칼끝인 셈이겠지.

실제로 대련에서 산동은 100킬로미터에 불과하다.

북경의 관문인 천진까진 200킬로미터 남짓.

수군만 강력하다면 언제든 청의 심장을 칠 수 있는 거리다.

거기다 대련과 장성 사이이 반채만도 빼놓을 수 없다.

만주에서 가장 중요한 유전 지대니까.

지금은 해양 유전 시추 기술이 전혀 없어 발해만 유전을 개발하지 못하지만, 몇십 년 후에는 가능할지도 모르는 일이었다.

물론, 후손에게 물려주는 방법도 있다.

난 이완에게 물었다.

"훈련도감은 앞으로 어찌 움직일 생각이오?"

"금위청은 심양을 지키고 어영청은 장성을 지키게 할 생각이옵니다. 그리고 나머지 장용청, 수어청, 총융청은 만주 전역을 돌며 국경을 확립하고 남은 잔당을 토벌할 계획이옵니다."

"기간은 얼마나 보고 있소?"

"만주가 워낙 넓어 3년은 걸릴 것이옵니다."

"3년이라……."

"잔당이 마적으로 돌변하기 전에 모두 처리하려면 그 정도 시간은 필요할 것이옵니다. 혹시 다른 계획이 있으시옵니까?"

"아니오. 3년이면 과인도 적당하다고 생각하오."

"그러면 윤허하신 것으로 알고 추진하겠사옵니다."

"잠깐."

"명하실 일이 더 있으시옵니까?"

"국경을 최대한 넓히라고 하시오."

"그러면 본토에서 병력을 더 징발해야 할 것이옵니다."

"국경을 지키란 소리가 아니오. 더 넓히란 소리지."

"넓히고 나서 조선의 강역임을 표시만 해 두란 말씀이시옵니까?"

"그렇소. 대충 팻말을 세우든, 전초 기지를 짓든 해서 우리 강역임을 표시만 하시오. 물론, 지도에 국경을 표시하고 우리 강역임을 입증할 만한 문서도 미리 만들어 두어야겠지."

"그게 효과가 있겠사옵니까?"

"그건 우리 하기 나름이오."

"그렇사옵니까?"

"우리가 지금처럼 강성하다면 그 땅에 누가 쳐들어오든 증거를 내밀고 다시 찾아올 수 있소. 하지만 우리가 상대보다 약하다면 아무리 합법적인 증거를 내밀어도 저들은 콧방귀를 뀌며 들으려고도 하지 않겠지. 무슨 차이인지 아시겠소?"

"이해했사옵니다."

난 화제를 돌렸다.

"지금 본토에는 병력이 얼마나 있소?"

"제주청까지 포함하면 9개 청에 12만 명이옵니다."

"훈련 상태와 무장 수준은 어떻소?"

"훈련도감에 미치진 못하오나 외적이 쳐들어오면 격퇴할 수준은 되옵니다. 너무 앞서서 걱정하실 필요 없을 것이옵니다."

"다행이군."

이와, 이여받이 나간 후에 흥귀남이 시뢰었디.

"전 진휼청 도제조 정태화가 입실하였사옵니다."

"대기하라! 과인이 직접 나가 맞겠다!"

"예, 전하!"

난 옥좌에서 일어나 전각 대청 정문으로 나갔다.

임금이 직접 나올 줄 몰랐던지, 정태화가 놀라 급히 인사를 올렸다.

"어찌 직접 맞으러 나오셨사옵니까?"

"노구를 이끌고 만주까지 오느라 고생이 많았소. 어서 듭시다."

"황공하옵니다."

난 정태화와 나란히 대청으로 돌아와 마주 앉았다.

"과인이 양파 대감……, 흠, 양파란 호가 좀 그렇군."

"허허, 괘의치 마시옵소서."

이쯤이면 서양에서 왔단 뜻의 양파가 조선에서 널리 키워 지고 있었는데 양파 대감이라고 하니까 꼭 놀리는 말 같았다.

"아무튼 정태화 대감을 굳이 이 먼 만주까지 부른 이유는 이 일을 맡을 경험 많은 노신이 대감밖에 떠오르지 않아서 요."

"어떤 일인데 그러시옵니까?"

"과인은 이 만주가 조선과 완벽히 동화해 차이를 알기 어려워질 때까지 심양성에 만주 총독부를 세워 다스릴 계획이 오."

"하오면?"

"대감이 만주 총독을 맡아 줘야겠소."

"신의 능력이 모자라 전하의 대업을 그르칠까 염려되옵니 다."

"과인이 보기에는 오직 대감만이 이 복잡하게 얽힌 실타 래를 풀고 만주를 우리 조선의 강역으로 끌어들일 능력이 있 소."

"……."

"과인의 청을 들어주시겠소?"

"이 늙은이를 중하게 쓰시겠다는데 어찌 거절할 수 있겠 사옵니까. 여기서 죽는다고 해도 절대 후회하지 않겠사옵니 다."

난 정태화의 주름진 손을 덥석 잡았다.

"고맙소. 경은 만고의 충신으로 남을 거요."

"성은이 망극하옵니다."

내가 정태화를 총독으로 픽한 이유는 하나다.

정태화라면 지금 만주가 처한 복잡한 상황에서 중심을 잃지 않고 올바르게 정책을 추진할 수 있을 거란 믿음에서였다.

"우선 만주족, 그러니까 여진족 중에서 반란을 일으킬 가능성이 있는 사내들을 서둘러 추려 내서 장성 안으로 쫓아내 버리시오. 그들의 처리는 청나라 황제가 알아서 할 거요."

"여자들은 그냥 두는 것이옵니까?"

"그렇소. 여자들은 내버려 둘 생각이오."

"이런 처바한 데선 어기들만으론 살이남기 이려울 깃이옵니다."

정태화가 이렇게 말하는 데에는 이유가 있었다.

만주는 세계적인 농업 지대다.

하지만 그건 먼 훗날의 일이고, 지금은 어딜 가나 먼지만 풀풀 날리는 황무지일 따름이다.

만주가 그렇게 될 수 있었던 것은 이곳에 정착한 농부들이 수십 년 동안 밭을 일구고 우물을 판 덕분이다.

물론, 그 와중에 희생도 많았지만.

여하튼, 그런 황폐한 곳에 여자들만 남겨 두라 명했다.

그간 나를 겪어 온 정태화로서는 비인도적인 행위라 여기기에 충분했던 거겠지.

하지만 나에겐 이미 타개할 계획이 있었다.

"함경도와 평안도에선 지금도 정씨 왕국과 왜국 출신 포로 수만 명이 광부로 일하고 있소. 길게는 10년, 짧게는 6년 동안, 조선에서 살며 우리말도 잘하고 풍습도 익힌 자들이지."

정태화는 관직 생활만 수십 년을 한 이다.

즉시 내 의도를 알아채고 물었다.

"그들을 불러들여서 여자들과 같이 살게 하시려는 것이옵니까?"

"그렇소."

"혜안이시옵니다."

"그들의 빈자리는 이번에 잡은 구왈기야군 포로들로 채울 생각이오. 이번에 잡은 포로 숫자가 과인의 예상보다 많았으니까 광산 운영에 큰 차질을 빚지는 않을 거요."

"바로 시행하겠사옵니다."

정태화는 그날 바로 만주 총독으로 부임해 업무를 처리했다.

만주족 사내 대부분을 장성 안으로 쫓아 보내는 한편 조선에서 불러온 포로에게 만주족 사내가 하던 일들을 맡겼다.

자세히 말하면 정태화는 그들을 두 그룹으로 나눠 배치했다.

한 그룹은 앞으로 농장이 들어설 지역으로 보냈다.

주로 강 유역이 많았다.

그리고 다른 그룹은 광산과 유전 지대에 보냈다.

정태화는 또 조선의 정책을 적극적으로 반영했다.

행정 구역을 나누고 각 구역에 맞는 규모의 관아를 설치했다.

그리고 도시에 포도청을 세워 치안을 담당하게 했으며 균전사는 세금을, 향교와 서원은 교육을 각각 담당하게 하였다.

마지막으로 상복사도 설치했다.

상복사는 형조에서 얼마 전에 떨어져 나온 독립 기관이었다.

지금은 재판을 전담해 맡고 있는데 현대의 법원에 해당했다.

난 정태화를 지원하기 위해 본토에서 야망이 있거나 능력이 뛰어난 관원들을 대거 선발차어 만주 충독부로 빌겼겠다.

만족할 숫자는 아니지만 그래도 일을 시작하기엔 충분했다.

궁에서 내 결재가 필요한 서류에 옥새를 찍고 있을 때.

며칠 안 보이던 왕두석이 소리를 지르며 뛰어 들어왔다.

"전하아아!"

"왜 이렇게 시끄러워?"

"전하께서 찾던 자를 심양성 지하 감옥에서……."

난 벌떡 일어나 다급히 물었다.

"행방이 묘연하던 구왈기야 시후나를 찾았단 말이냐?"

"그렇사옵니다."

"어서 가 보자!"

난 두근거리는 가슴을 안고 왕두석을 따라 감옥으로 내려갔다.

오보이는 시체를 확인했다.

하지만 정작 플레이어인 시후나는 행방이 묘연했다.

그래서 지금까진 만주 깊숙한 곳으로 도망쳤다고 생각했다.

근데 등잔 밑이 어두워도 너무 어두웠다.

바로 옆에 시후나를 두고도 국경까지 병력을 보내 찾은 셈이다.

어쨌든 하늘이 날 또 돕는구나!

시후나가 구왈기야군 잔당을 수습하여 반란이라도 일으켰으면 그걸 토벌하겠다고 몇 년을 낭비해야 했을지도 몰랐다.

근데 막상 시후나를 대면하는 순간.

난 그만 할 말을 잊고 말았다.

구왈기야 시후나는 정육점의 고기처럼 감옥 안에 걸려 있었다.

난 의사가 아니다.

하지만 그가 숨만 살짝 붙어 있단 것 정돈 알 수 있었다.

난 눈살을 찌푸리며 손짓했다.

"일단 저자를 바닥에 눕히거라."

"예, 전하."

곧 쌍둥이가 달려가 시후나를 고리에서 떼어 내 바닥에 눕혔다.

"누가 가서 의원 좀 불러오너라."

"소관이 가겠사옵니다."

홍귀남이 의원을 부르러 간 사이.

난 왕두석에게 물었다.

"이자를 어떻게 발견했느냐?"

"그게……."

"화 안 낼 테니까 말해 보아라."

"총융청에 김운청이란 파총이 하나 있사옵니다."

"나도 안다. 이번 훈허강 전투에서도 큰 공을 세웠다지."

"그 김운청에게 보물을 발견하는 재주가 있다고 들어……."

"그에게 궁궐을 뒤져 보라고 시켰다?"

"예……."

뜻은 갸륵하긴 한데, 왜 시키지도 않은 짓을 한 걸까.

요새 돈이 궁한가?

"보물은 찾아서 뭐 하려고 한 거냐?"

"며칠 전에……."

"며칠 전에 뭐?"

"지나가는 말씀으로 만주를 개발하려면 돈이 많이 들어갈 거 같다며 한숨을 쉬시기에 보물을 찾아보려 했던 것이옵니다."

그 말에 살짝 가슴이 찡했다.

내가 고민하며 한 말과 행동을 유심히 지켜보고 있었다니.

"보물이 숨겨져 있을 거란 생각은 어찌했고?"

"궁에 보물이 있기는 했지만, 양이 너무 적은 거 같아 왠지 오보이만 아는 숨겨 둔 보물 창고가 있을 거 같았사옵니다."

"그래서 이자를 찾게 되었다?"

"예, 전하. 보물 창고를 뒤지다가 지하로 내려가는 계단이 있어 뭔가 싶어 내려가 봤는데 글쎄 이자가 떡하니 있지 않겠사옵니까?"

"이자가 시후나인 줄은 어떻게 알아봤고?"

"길잡이로 데려온 구왈기야군 포로들이 바로 알아보사옵니다."

"운이 좋았군."

"정말 운이 좋았사옵니다."

"그래서 보물은?"

"찾았사옵니다!"

그렇게 대화가 어느 정도 마무리될 즈음.

홍귀남이 의원을 대동한 채 돌아왔다.

그는 의과 대학을 졸업한 첫 졸업생 중 하나였다.

이번 원정에는 국군 중앙병원 소속 군의로 참전했다.

시후나를 진찰한 군의가 머리를 조아렸다.

"몸 상태가 나빠 얼마 버티지 못할 거 같사옵니다."

"나빠진 이유도 알겠느냐?"

"고문을 받은 흔적이 많사옵니다."

"고문이라……, 최근에 당한 거 같은가?"

"아니옵니다. 적어도 2, 3년간 장기적으로 받은 것이옵니다."

"대화는 가능한 수준인가?"

"황공하옵니다, 전하."

"자네가 황공할 이유가 뭐가 있나. 수고했네."

"그러면 소인은 이만 물러가 보겠사옵니다."

군의가 돌아간 후.

난 인사불성 상태인 시후나를 보며 혀를 찼다.

시후나가 저런 상태로 발견된 이유를 난 모른다.

하지만 지금 상황을 내 식대로 한번 추리해 볼 순 있다.

아마 오보이를 치려다가 역으로 당한 것일 테지.

구왈기야 오보이 본인이 아니라면 구왈기야 가문의 유일한 정식 후계자를 가둬 놓고 이렇게 만들 인물이 없을 테니까.

구왈기야 오보이가 힘이 장사여서 천하에 따를 자가 없다던 말을 역사서에서 읽긴 했는데 그게 정말 사실인가 보구나.

그래도 그렇지, 이건 플레이어가 NPC에게 당한 꼴이 아닌가.

난 고개를 젓고 나서 지시했다.

"누가 가서 고통을 덜어 줘라."

"예, 전하."

선전관 하나가 군도를 뽑아 들고 시후나에게 다가갔다.

그 모습을 보고 있자니 왠지 기분이 별로였다.

난 돌아서서 왕두석을 데리고 보물 창고를 찾아 나섰다.

보물 창고 앞에 막 이르렀을 때.

눈앞에 번쩍하며 킬 메시지가 떴다.

전리품으로 뜬 수명과 스킬 등을 재빨리 훑어보았다.

하지만 나에게 도움이 될 만한 건 없었다.

심지어 수명조차도 적었다.

오보이를 치기 위해 수명을 당겨쓴 모양이군.

다행히 우울한 기분은 그리 오래가지 않았다.

왕두석과 김운청이 발견한 보물 창고가 날 흡족하게 하였다.

날 본 김운청은 즉시 군례를 취했다.

"총융청 파총 김운청이 상감마마께 인사 올리옵니다."

"하하, 넌 아무래도 군대보단 보물 수색이 어울릴 듯하구니."

"운, 운이 좋았을 뿐이옵니다."

"여긴 금군에게 맡기고 너희들은 부대로 복귀하거라. 돌아가서 기다리고 있으면 이번 공에 맞는 상이 내려질 것이니라."

"성은이 망극하옵니다."

김운청은 부하들을 데리고 총융청으로 복귀했다.

총융청 장병이 떠난 후.

난 열린 문을 통해서 보물 창고로 들어갔다.

"흐음."

은은 아예 없었고 금괴는 예상보다 적었다.

대신, 다른 보물이 많았다.

옥, 루비, 사파이어, 에메랄드, 다이아몬드 같은 귀한 보석이 궤짝 몇 개를 채울 정도로 쌓여 있어 놀라움을 금치 못했다.

옥과 진주는 중국에서도 많이 난다.

근데 루비, 사파이어 같은 보석도 많을 줄은 예상을 못 했다.

난 거의 소 눈알만 한 사파이어를 횃불에 비춰 보며 물었다.

"이런 희귀한 보석을 어떻게 구한 것인지 아느냐?"

왕두석이 대답했다.

"오삼계가 역심을 품기 전까지는 이런 보물을 청 황실에 자주 진상했다고 하옵니다. 구왈기야군은 만주로 근거지를 옮길 때 자금성 보물 창고에서 일부를 훔쳐 달아난 것이고요."

"조사를 꽤 열심히 했구나."

"구왈기야군 포로들이 알려 준 내용입니다."

난 고개를 끄덕였다.

내가 보석 전문가는 아니지만 미얀마와 같은 인도차이나가 세계 최대의 보석 생산지 중 하나란 것 정도는 알고 있다.

오삼계는 인도차이나나 인도에서 보석을 사 진상했을 거다.

운남이 그쪽과 지리적으로 아주 가까우니까.

그나저나 이 보석들은 어떻게 처리한다?

수출해서 돈을 벌고 싶은 생각은 별로 들지 않았다.

금과 은은 이미 조선과 왜국에서 충분히 채굴하고 있으니까.

그렇다면 선심 쓰는 데 쓰는 편이 낫겠군.

"다이아몬드는 서유럽회사 연구소로 보내라. 가루를 내서 절삭 공구로 만들면 기존 거보다 뛰어난 효과를 발휘할 거다."

"알겠습니다."

"그리고 루비, 에메랄드, 사파이어 같은 보석은 훈장을 만드는 데 써라. 금과 보석을 합쳐서 만들면 훈장 자체의 값어치도 많이 올라가겠지. 아, 몇 개는 따로 추려 반지나 팔찌, 목걸이로 만들어라. 윗전 두 분과 중전에게 선물해야겠다."

"바로 시행하겠사옵니다."

곧 금군이 들어와 보석 궤짝을 창고로 옮겨 갔다.

근데 궤짝 수십 개를 치웠더니 비밀 문이 또 하나 나타났다.

뭔가 해서 즉시 들어가 보았다.

"오오오!"

보물이 있던 곳보다 훨씬 큰 공간에 수만 점은 족히 넘을 거 같은 예술 작품이 방치한 거처럼 아무렇게나 쌓여 있었다.

오보이가 자금성 보물 창고에서 루비나 사파이어 같은 번쩍거리는 보물만 달랑 훔쳐 온 건 아닌 모양이군.

난 그중 그림 하나를 집어 먼지를 털고 살펴보았다.

말 여덟 마리가 힘차게 뛰어노는 풍경을 묘사한 그림이었다.

"팔준도네. 누가 그렸지?"

급히 낙관을 찾아 읽어 보았다.

"오, 원대의 화가인 조맹부가 그린 거구만."

난 신이 나서 작품을 일일이 확인했다.

멀게는 춘추 전국 시대에 만든 청동 전차 조각품부터 가까이는 명나라 말의 유명 화가인 동기창의 남종화까지 있었다.

내가 중국 미술을 잘 모르긴 하지만 예전에 이름 정도는 들어 본 왕희지나 조맹부, 소동파의 작품 수도 적지 않았다.

"이것들은 모아 모두 도성으로 보내라. 복원 중인 경복궁 옆에 국립 중앙박물관을 짓고 있는데 소장품으로 제격이다."

왕두석이 슬쩍 물었다.

"공개하면 나중에 중국이 돌려 달라고 떼를 쓰지 않겠사옵니까?"

"그땐 돈으로 사 가라고 하면 된다."

"역시 돈 버는 재주는 전하를 따라올 이가 없사옵니다."

"아, 내친김에 왜국에도 미술상을 보내서 예술작품을 닥치는 대로 사들이라고 해라. 지금 사 두었다가 나중에 왜국 부자들에게 팔면 부동산처럼 시세 차익을 꽤 거둘 수 있을 거다."

"조정에 전달하겠사옵니다."

보물 창고를 보고 기분이 흡족해져 지상으로 올라왔을 때였다.

금군 우별장 최걸이 달려와 보고했다.

"전하, 일전에 지시하신 대로 포로 중에서 무기를 제작하던 목수와 대장장이 등을 따로 추려 한곳에 모아 두었사옵니다."

"안내하시오."

"예, 전하."

최걸을 따라 도착한 곳엔 거대한 공방이 차려져 있었다.

어, 이건 내가 생각하던 그림이 아닌데?

구왈기야군도 화기를 사용했다.

카빈과 권총 정도였지만 수준은 꽤 쓸 만했다.

그래서 공방이나 공장이 있을 거라 예상하긴 했다.

그런데 직접 본 공방이 시설은 내 예상보다 훨씬 뛰어났다.

심지어 수력을 이용한 컨베이어 벨트까지 쓰고 있었다.

아니, 이런 시설이 있으면서 왜 카빈과 권총만 개발한 거지?

포로로 있던 대장장이를 불러 물어보았다.

그랬더니 사건의 전말을 전해 들을 수 있었는데.

시후나가 책임자로 있을 때는 인력과 자원을 거의 무한대까지 사용할 수 있었지만, 그가 갑자기 사라진 3년 전부터는 모든 지원이 서서히 끊기기 시작했단다.

뭐 미래를 모르는 오보이로선 당연한 선택일지도 모르겠군.

양황기 출신인 그는 무기보단 말에 더 집중했을 거다.

실제로 만주 전역에 군마를 양성하는 목장이 산재해 있었다.

곡식을 키울 정도의 물이 흐르는 곳에는 어김없이 목장이 들어선지라, 만주에 정착한 한족도 농사지을 엄두를 못 냈다.

"어, 이쪽에 이상한 창고가 하나 더 있사옵니다."

왕두석의 말을 듣고 걸쇠가 있는 문을 지나 안으로 들어갔다.

그곳은 일종의 무기 박물관 같은 곳이었다.

시후나가 감금되기 전에 수집한 것들인지 천둥과 송골매를 비롯해 왜국과 중국, 유럽의 총기 수백 정이 벽에 걸려 있었다.

대장장이를 불러와 물었더니 예상대로 시후나가 거금을 주고 수입한 것들인데 카빈과 권총을 만들 때 참고했다고 한다.

어쨌든 시후나 덕분에 또 한 건 크게 올린 셈이군.

"여기 있는 장인들과 모든 장비, 그러니까 못 하나 쇠구슬 하나 빼먹지 말고 모조리 서유럽회사로 옮기시오."

최걸이 즉시 군례를 취하며 대답했다.

"예, 전하."

공방까지 둘러보고 나서 대청으로 돌아왔다.

잠시 대청에 머물며 용호군이 조사한 만주 자원 지도를 살펴보다가 혹시 하는 생각에 시스템으로 들어가 지도를 펼쳤다.

아! 지도에 만주의 자원 현황이 상세하게 나와 있었다.

시후나가 조사한 내용을 내가 빼앗은 모양이구나.

난 다음 날부터 지도에 나온 자원 지대를 직접 확인하러 다녔다.

물론, 구왈기야군 잔당이나 만주에서 오래 활동한 마적단이 암살을 시도할 수 있어 금군을 3,000명이나 대동해야 했다.

하지만 비용은 전혀 아깝지 않았다.

이번 어가 행차를 통해 조선이 앞으로 만주에서 거두어들일 수확은 돈으로 계산하기 어려울 만큼 어마어마할 테니까.

시후나의 지도를 통해 알아낸 정보 중에서 날 가장 놀라게 한 정보는 만주에 질 좋은 석탄이 아주 많이 난단 거였다.

그것도 대부분 역청탄이란 점이 더 대단했다.

역청탄은 산업에 가장 많이 쓰는 질 좋은 석탄이었다.

제철소와 발전소에서 사용하는 코크스가 바로 이 역청탄이다.

거기다 난방용 가스를 제조할 때도 쓴다.

말 그대로 산업을 일으키는 불꽃인 셈이다.

만주의 석탄 광산은 사방에 퍼져 있었다.

큰 것만 따져도 무순, 부신, 훈춘 등 10여 곳에 달했다.

난 그중 무순을 찾았다.

심양성에서 아주 가까운 곳에 있어서다.

무순에 도착해선 탄광의 규모를 보고 놀랐다.

이렇게 거대한 노천 탄광이라니!

노천 탄광은 광맥이 밖으로 드러난 탄광이다.

즉, 광맥이 있는 부분을 찾는 탐광 절차가 필요 없단 뜻이다.

그래서 채굴 난도 역시 아주 낮을 수밖에 없다.

이 정도면 조선과 만주를 철길로 도배해도 문제없겠어.

어디 그뿐인가.

제철소도 더 짓고 발전소도 세울 수 있겠는데.

난 그동안 만주에서 유전과 철광산만 기대했다.

근데 심양 코앞에서 생각지도 못한 잭팟을 만났다.

만주에는 그 외에도 철, 구리, 납, 아연에 알루미늄, 몰리브
덴까지 한 국가의 기간산업을 지탱할 자원이 널려 있었다.

몇 달에 걸쳐 지도에 있는 자원 지대를 찾아 시찰하고 정태
화에게 광부를 보내 개발을 시작하란 서신을 써서 보냈다.

자원 지대 중 일부는 이미 구왈기야군이 채굴을 시작한
터라, 초반에 들어가는 각종 부대 비용을 상당히 아낄 수 있
었다.

마지막으로 시찰한 곳은 역시 유전 지대였다.

지도에 나온 바에 따르면 만주에는 세 곳의 유전이 있었
다.

물론, 해상 유전인 발해만 유전은 뺀 수치다.

우선 가장 큰 곳은 역시 대경 유전이었다.

그리고 요하 유전이 그다음이고 치치하얼 유전은 좀 작은 편이다.

대박은 산동에 있는 승리 유전을 뺀 나머지 유전들, 즉 대경 유전과 요하 유전이 나란히 중국 3대 유전에 들어간단 점이다.

이 유전들만 끝까지 사수해도 중국이 1990년대와 2000년대 초반에 보여 준 폭발적인 성장을 막을 수가 있다는 뜻이다.

물론, 그만큼 중국의 압박은 더 거세지겠지만 말이다.

아, 그리고 승리 유전은 대련과 가까운 산동성 해안가에 있었다.

가만, 그리고 보니까 발해만 주변이 다 유전 지대네.

발해만 해상 유전까지 더하면 발해만을 둘러싼 지역, 즉 요녕, 산동이 중동에 버금가는 유전 벨트를 형성하고 있는 셈이다.

대경 유전은 만주에서 큰 도시에 속하는 장춘 북쪽에 있었다.

그리고 우리에게 이름이 익숙한 하얼빈의 서쪽에 자리했다.

난 수행단을 이끌고 대경 유전을 찾았다.

아!

대경 유전엔 이미 금속 파이프가 수도 없이 박혀 있었다.

모두 구왈기야군이 석유를 시추하려다가 실패한 흔적이었다.

지도에 따르면 두꺼운 암반층 지하에 석유가 지하수처럼 고여 있어서 이곳 어딜 시추해도 석유를 찾아낼 순 있었다.

다만, 그 암반층이 있는 위치가 문제였다.

내가 읽은 근현대사 역사서에 따르면 얕은 곳은 1킬로미터, 깊은 곳은 1.5킬로미터는 뚫고 들어가야 석유가 나왔다.

즉, 평균적으로 1.2킬로미터는 뚫어야 한단 뜻이다.

문제는 그 정도 깊이로 뚫고 들어가려면 진동과 압력, 열을 버틸 수 있는 강력한 드릴과 아주 단단한 파이프가 필요했다.

그래서 일부 역사가는 일본 제국이 만주국에서 대경 유전을 찾아냈어도 기술이 부족해 시추에 애를 먹었을 거로 예측했다.

당시 그 정도 시추 기술은 영국과 미국 정도만 갖고 있었으니까.

그렇다면 고민해 볼 문제다.

일본 제국이 20세기 중엽에 도전하더라도 실패했을지 모르는 대경 유전을 우리는 우리 기술로 시추할 수 있을까?

정답은 '아직은 모른다'일 거다.

이유는 아직 시도해 보지 않았으니까.

물론, 준비는 충분히 해 왔다.

우선 작년에 중동에서 돌아온 김석주가 바친 설계도가 있었다.

김석주는 용호군 요원을 데리고 영국-프랑스 동맹이 개발 중인 유전 지대에 들어가 시추기 설계도를 훔치는 데 성공했다.

그 와중에 용호군 요원 몇이 희생하긴 했지만, 그들이 빼낸 설계도 덕분에 전쟁 전 1년 동안 시추기를 만들 수 있었다.

그리고 드릴 제조 기술도 이미 갖고 있었다.

화포에 선조를 팔 정도로 강력한 드릴을 이미 제작해 두었기에 시추용 드릴을 개발한다고 좌충우돌할 필요가 없는 거다.

마지막은 바로 합금 기술이었다.

파이프에 드릴을 달아 1킬로미터 지하까지 내려보내려면 강철보다 단단하면서도 가혹한 환경에 강한 특성을 보이는 합금으로 파이프를 제작해야 성공 가능성이 그나마 있는데.

그 합금도 이미 갖고 있었다.

제련 연구소에서 6년 동안 한 연구가 그거였으니까.

난 본격적인 채굴에 앞서 여기서 일하던 기술자를 불러 물었다.

"구왈기야군은 지하로 얼마나 파고들어 갔지?"

기술자가 통역을 통해 대답했는데 300미터 안팎인 거 같았다.

"채굴에 쓰던 기계가 여기 있나?"

있다고 하여 기술자를 따라가 보았다.

우리가 만든 시추기와 형태는 비슷했지만 조금 더 조악했다.

역시 영국-프랑스 동맹 거를 훔치길 잘했어.

김석주가 가져다준 설계도가 아니었으면 우리가 독자적으로 만든 시추기도 구왈기야군 시추기와 비슷한 수준일 거다.

난 이번 시추를 위해 데려온 서유럽회사 자원 사업부 직원을 부르기 전에 먼저 정태화에게 보낼 서신을 한 통 써 내려갔다.

-올해 봄에 의주까지 연결한 국영 철도를 연장해서 심양성과 과인이 지금 있는 대경 유전을 연결하는 일을 서둘러 주시오

선전관 하나가 서신을 들고 총독부가 있는 심양성으로 떠났다.

그 모습을 보면서 철도와 석유에 대해 생각했다.

내 기억은 세종대왕을 경배하라 스킬을 얻은 이후에 비약적으로 발전해 한번 보고 듣고 읽은 건 잘 잊어먹지 않았다.

하지만 그 반동 때문인지 전생, 전생이라니까 좀 그런데 아무튼 내가 현종에 빙의하기 전에 갖고 있던 기억은 희미해졌다.

사실 그편이 나에겐 더 좋았다.

이젠 갑자기 잠에서 깨어나 이곳이 21세기에 내가 살던 곳

이 아니라, 창덕궁 희정당임을 깨닫고 실망하지는 않으니까.

하지만 그래도 기억 일부는 여전히 남아 있었는데.

그중 하나는 미국이 왜 소련을 넘어서서 세계 최강 대국에 등극했는지를 설명하던 장대한 다큐멘터리였다.

다큐멘터리는 미국이 본격적으로 세계 최강국 중 하나로 발돋움하기 전인 19세기를 아주 심도 있고 자세히 다루었다.

근데 그때 나온 얘기가 바로 석유와 철도의 등장이었다.

시추한 석유를 미국 전역에 깔린 철도를 이용해 운송하기 시작한 덕에 미국 경제가 폭발적으로 성장할 수 있었단 얘기다.

물론, 그 철도는 석유만 나르진 않았다.

석탄, 철광석 등 산업의 쌀이라 불리는 것들을 같이 날랐다.

그리고 그런 산업들을 선도하던 사업가들이 바로 우리가 잘 아는 철강의 카네기, 철도의 밴더빌트, 석유의 록펠러다.

여기에 자동차의 포드, 금융의 모건까지 더하면 말 그대로 미국 경제의 기반을 닦은 이들을 모아 놓은 거나 다름없었다.

근데 난 이미 철도를 가지고 있었다.

그리고 기차도 수십 대 만들어 두었다.

즉, 경제 발전의 한 축을 이미 완성해 둔 셈이다.

그리고 이젠 여기서 나머지 한 축을 세우려 하는 거고.

사람처럼 석유와 철도, 두 다리로 조선 경제를 일으켜야 하니까.

그래서 이번 시추 공사가 중요하다.

어쩌면 한반도 역사를 통틀어서 가장 중요한 일인지도 몰랐다.

당연히 이런 대역사를 다른 이의 손에 맡겨만 두기 쉽지 않은 탓에 난 이 일을 처음부터 끝까지 직접 챙기기로 하였다.

곧 서유럽회사 자원 사업부 직원 1,000여 명이 도착했다.

말이 자원 사업부지, 사실 서유럽회사 정예를 모은 거나 같았다.

그들의 전문 분야는 다양했다.

광부, 대장장이, 목수, 연구원, 기술자, 인부 등등.

어느 하나 소홀히 할 수 없어 모으다 보니까 1,000명이 넘었다.

이번 프로젝트의 실무를 책임질 자원 사업부 부장 곽무진과 제련 사업부 부장 홍달호 두 명이 같이 들어와 인사를 올렸다.

"상감마마를 뵈옵니다."

"오는데 고생하진 않았소?"

홍달호가 대표해 대답했다.

"상감마마께서 금군을 보내 주신 덕에 어려움은 없었사옵니다."

"다행이군. 먼저 짐부터 풀게."

자원 사업부가 시추를 준비하는 데만도 3개월이 걸렸다.

숙소와 대장간을 세우고 분해에 가져온 시추기를 조립했다.

모든 준비가 끝난 후에는 좋은 날을 골라 제사까지 지냈다.

미신은 믿지 않았다.

하지만 찜찜한 기분으로 대역사를 시작하고 싶지도 않았다.

제사까지 마치고 나선 본격적으로 시추에 들어갔다.

직원들이 작업하는 광경을 지켜보며 곽무진에게 물었다.

"시추 연습은 얼마나 했나?"

"강남 연구소의 맨땅을 시험 시추하며 서로 손발을 맞춰 보고 나서 근처 지하수를 시추하며 반년을 더 연습했사옵니다."

"기록은?"

"600미터이옵니다."

"기록이 전보다 많이 늘었군."

"모두 직원들이 열심히 노력해 준 덕분이옵니다."

"시간은 충분하니까 초반부터 너무 무리할 필요 없네."

"알겠사옵니다."

곽무진을 안심시키기 위해 괜찮다고 했지만, 사실은 아니었다.

기록이 600미터면 그 두 배를 파야 석유가 나온다는 뜻이다.

거기다 자원 사업부가 앞으로 기록을 늘려 가야 할 600미터는 전보다 몇 배, 아니 몇십 배 더 어려울 것이 틀림없었다.

무엇보다 남은 시간도 그리 넉넉하지 않았다.

영국-프랑스 동맹이 석유로 돌리는 내연 기관을 만들어 전함을 만든다면 조선 수군의 흑선으론 상대하기 쉽지 않았다.

그렇다고 해서 내가 재촉하면 오히려 상황만 더 안 좋아질 뿐이라, 초인적인 인내를 발휘해 조급함을 드러내지 않았다.

곽무진은 나에게 인사하고 현장으로 돌아가 작업을 지휘했다.

우선 시추 장소에 외인 오프너같이 생긴 거치대를 설치했다.

이어 합금 드릴을 파이프와 연결해 거치대 가운데에 매달았다.

파이프 역시 합금을 써서 만든 거라, 상당히 비쌌다.

그런 상태에서 회전 운동을 만들어 주는 거대한 기구를 설치하고 기구에 소와 말을 묶어 시추할 준비를 모두 끝마쳤다.

전체적으로 보면 가축을 사용하는 원시적인 시추기인 셈이다.

그리고 거기서 100미터쯤 떨어진 곳에 김석주가 중동에서 훔쳐 온 설계도를 바탕으로 제조한 증기 기관 시추기가 있었다.

즉, 시추기 두 대를 같이 운영하는 셈이다.

두 번째 시추기도 거치대를 세우고 드릴과 파이프를 연결하는 거까진 첫 번째와 같았지만 뚫는 방식에 차이가 있었다.

바로 드릴 위를 해머로 내리쳐서 뚫는 방식이었다.

두 시추기를 놓고 지금까지 실험해 본 결과.

어느 게 낫다고 말하기 힘든 부분이 있었다.

즉, 둘 다 장단점이 뚜렷이 존재했다.

원시적인 시추기는 뚫는 강도와 속도를 조절할 수가 있었다.

그와 달리 증기 기관 시추기는 한번 작동하면 일정한 힘과 속도로 움직이기에 사람이 개입할 여지가 그다지 크지 않았다.

대신, 증기 기관 시추기는 원시적인 시추기에 비해 비용이 덜 들고 기상 상황에 크게 영향을 받지 않는단 장점이 있었다.

이윽고 두 시추기가 작업에 들어갔다.

원시적인 시추기는 가축이 드릴을 돌리는 형태로 시추했다.

그리고 증기 기관 시추기는 증기 기관으로 움직이는 묵직한 해머가 드릴을 직접 내리찍는 방식으로 막 시추에 들어갔다.

기술자와 인부들이 바쁘게 움직였다.

파이프가 다 들어가면 시추기를 멈추고 파이프에 미리 파 놓은 홈을 이용해 다른 파이프를 연결하고 나서 다시 시추했 다.

거기다 드릴의 열을 식히기 위해 물도 계속 부어 줘야 했 다.

물을 파이프 속으로 붓는 이유는 한 가지 더 있다.

드릴 작업하면서 생긴 흙과 모래, 돌조각 등이 물에 의해 떠오르기 때문에 파이프가 막히는 상황을 차단할 수 있어서 다.

하지만 역시 기술, 운 모두 부족했다.

100미터를 파고 들어갔을 때.

인시 시추기가 먼저 안 수 없는 이유루 작동을 멈추고 그다 음은 증기 기관 시추기가 멈춰 1차 시도는 실패로 끝이 났다.

무려 한 달 동안 작업한 분량이 통째로 날아간 셈이다.

문제는 같은 방식으로 했다간 실패를 반복할 수 있단 점 이다.

연구원, 기술자가 전부 달라붙어서 실패한 원인을 분석했 다.

그 결과, 조선과 만주의 토질에 차이가 있단 점을 밝혀냈다.

만주의 토질에 맞게 드릴과 파이프를 조정한다고 다시 반 년이란 세월을 허비한 뒤에 장소를 옮겨 2차 시도에 들어갔 다.

하지만 이번엔 300미터쯤 들어가서 드릴이 부서졌다.

물로는 드릴이 받는 열을 식히는 데 한계가 있어서다.

거기다 시추 중에 생긴 불순물 제거도 영 신통치가 않았다.

다시 몇 달을 고생해 가며 연구한 끝에 고운 진흙에 물을 섞어 투입하는 새 방법을 고안해 세 번째 시추에 들어갔다.

난 그사이 대경까지 온 강대산에게 보고받았다.

강대산이 내 얼굴을 보더니 진심으로 걱정했다.

"전하, 용안이 많이 상하셨사옵니다."

"요즘은 내가 산모 같단 생각을 자주 하네."

"어찌 그런 생각을 하셨사옵니까?"

"산모는 애를 낳고 난 석유를 낳는 셈이지. 물론, 애는 특별한 일이 없으면 열 달을 어미 품속에 있다가 나오지만 난 언제 낳을지 알 수 없기에 요즘은 약간 초조한 생각이 든다네."

"잠깐 심양성에 가셔서 바람이라도 쐬시는 게 어떻겠사옵니까?"

"심양성에?"

"심양성이 몰라볼 정도로 많이 바뀌었사옵니다."

"궁금하긴 하지만 자리를 비운 일로 부정이라도 타면 큰일이지."

강대산은 그동안 조사한 내용을 보고했다.

"중국은 상황이 개판이옵니다."

"거긴 항상 개판 아닌가?"

"이번에 더하옵니다."

난 강대산의 말을 들으며 여러 번 놀랐다.

확실히 개판이긴 하네.

난 강대산에게 물었다.

"경정충이 전쟁에서 승리해 상지신을 죽였단 건가?"

"그렇사옵니다."

"역시 그도 한가락 하는군."

"수단이 좋고 통찰력이 뛰어난 자 같사옵니다."

"통찰력이 뛰어나다고?"

"서유럽회사 이사 김석주가 경정충을 처음 찾아갔을 때의 얘기를 들은 적 있사옵니다. 정경과 상지신은 김석주를 내쳤지만, 경정충만은 직접 만나 거래를 트지 않았사옵니까?"

"그래, 그랬었지."

"당시 서유럽회사는 명성이 거의 없었음에도 계약한 걸

보면 필시 가치를 제대로 알아보는 눈을 가졌을 것이옵니다."

강대산의 통찰력도 대단하군.

어쨌든 그가 말하고자 하는 바는 하나다.

경정충이 중국에서 가장 위험한 인물일지도 모른단 뜻이지.

나도 비슷한 생각을 하고 있었기에 동의했다.

"무슨 말인지 알겠네."

난 화제를 돌렸다.

"청 황제는?"

"사천 성도를 출발한 허서리군 대군과 산서성 태원이란 장소에서 정면으로 붙었는데 초반 흐름은 팽팽했다고 히옵니다."

"후에는 누가 승기를 가져갔나?"

"놀랍게도 허서리군이었사옵니다."

"흠, 청 황제가 뒤에서 일은 잘 꾸미는데 군재는 없는 듯하군."

"하지만 일을 정말 잘 꾸미긴 하는 거 같사옵니다."

"오, 어떻게 꾸몄는데?"

"운남의 오응웅을 어떻게 꼬셨는진 몰라도 평서왕부의 대군이 남쪽에서 허서리군의 본거지인 사천을 치도록 했사옵니다."

"그러면 허서리군은 본거지를 지키기 위해 사천으로 후퇴했나?"

"아니옵니다. 오히려 이를 기회로 본 듯하옵니다."

"기회?"

"청 황제가 약세를 인정했다고 여긴 듯 도리어 더 강하게 몰아붙여 지금은 북경 서쪽에서 전투가 벌어지고 있사옵니다."

"자기 근거지인 사천을 버렸다는 건가?"

"그렇사옵니다."

"대담하군."

"허서리 소닌의 삼남인 허서리 송고투가 강하게 주장해 북경으로 치고 나가는 전략이 만들어진 것이라고 들었사옵니다."

이 대목에서 확신했다.

허서리 송고투가 허서리군의 플레이어로군.

아무튼 정말 대담한 전략이야.

허서리군으로선 청군과 평서왕부군을 동시에 상대하는 양면 전쟁이 벌어질 수 있었다.

그런데 오히려 앞으로 치고 나감으로써 청군만 상대하는 상황을 유도한 것이다.

아무래도 군재는 송고투 쪽이 한 수 위인 모양이군.

"경정충은 어떻게 반응했나?"

"상지신이 내준 광주의 기반을 닦으며 지켜만 보고 있사옵니다."

"섣불리 움직이지 않을 셈이군."

"그렇사옵니다."

"우리가 만주를 점령한 거에 대한 반응은 어떤가?"

"당황한 듯하옵니다."

"너무 빨라서?"

"그렇사옵니다. 우릴 과소평가한 나머지 조선군이 구왈기야군과 최소 3, 4년은 전쟁을 치를 거라 내다본 듯하옵니다."

"중화민족이 최고라는 중화사상에 찌든 자들이니까."

"만주족도 중화사상에 물들었다고 보시옵니까?"

아, 실수했군.

내가 말한 건 중국 출신 EHS 플레이어들인데 이를 알 리 없는 강대산은 만주족이 중화사상에 물든 거라고 알아들은 거다.

"그들도 중원을 차지한 지 꽤 지났잖아. 그리고 유목 민족도 중원만 차지하면 이상하리만치 중화사상에 빨리 물들더라고."

내 말에 고개를 끄덕인 강대산은 심양으로 돌아갔다.

요즘은 심양이 제2의 도성이나 마찬가지였다.

용호군도 중국과 가까운 심양을 더 선호하는 거 같고.

강대산이 돌아간 후.

내 모든 신경은 다시 석유 시추로 향했다.

토질에 맞춰 드릴을 미세 조정하고 나서 물에 진흙을 섞어서 파이프에 부어 준다는 방법은 일단 옳은 방법인 거 같았다.

기록은 빠르게 늘어났다.

400미터, 500미터, 600미터…….

마침내 자원 사업부가 본토에서 세운 기록에 도달했다.

물론, 본토와 대경은 환경이 달라 비교가 어렵긴 했다.

거기다 더 큰 문제는 겨울이 길고 혹독하단 점이었다.

뜨거운 물을 계속 부어 주는데도 파이프가 얼어 애를 먹었다.

눈 깜짝할 사이에 두 번의 겨울을 맞았다.

그동안, 600미터까진 순조롭게 뚫고 들어갈 수 있었지만 700미터, 800미터를 지나 900미터에 이르면 드릴이 부서졌다.

드릴이 과열되어서는 아니었다.

생각보다 암반층이 너무 두꺼워서 드릴이 버티지를 못했다.

그 바람에 구왈기야군처럼 장소를 계속 바꿔 가며 시추했다.

조금이라도 암반층이 약한 곳을 찾기 위해서였다.

난 열두 번째 시추공 앞에서 한숨을 내쉬었다.

지도에는 위치만 나와 있지, 암반 두께까지 나와 있진 않았다.

투시 스킬이나 버프가 있었으면 바로 찾을 수 있었을 텐데.

물론, 투시 버프만 없을 뿐이지, 다른 버프는 많았다.

워낙 중요한 일이어서 수명을 아끼지 않고 버프를 쏟아부었다.

그 덕에 자원 사업부와 제련 사업부 직원들은 고된 노동에도 피로를 느끼지 않는 듯 밤낮을 잊은 채 작업에 열중했다.

자원 사업부는 시추를 직접 담당하고 제련 사업부 직원들은 대장간에서 파이프를 제작하거나 망가진 드릴을 수리했다.

그리고 안전에도 신경을 많이 썼다.

적게는 수백 킬로, 많게는 수 톤에 달하는 중장비로 작업하면서도 다치거나 목숨을 잃는 직원은 거의 나오지 않았다.

앉아서 시추기가 진동하는 모습을 보고 있으려니끼 골치가 깨질 듯이 아파 와 그동안 못한 운동을 하며 시간을 보냈다.

오전에는 중량 운동을 주로 하고 오후에는 황무지를 달렸다.

덕분에 관련 스탯이 꿈틀거리며 올라갈 조짐을 보였다.

그렇게 운동하며 반년을 보냈을 때.

투쿵!

가장 듣기 싫어하는 소리가 들려왔다.

무슨 일이 벌어졌는지는 굳이 보지 않아도 짐작할 수 있었다.

난 쓴웃음을 삼키며 보고하기 위해 달려온 곽무진에게 물었다.

"드릴이 부서진 건가?"

곽무진이 진흙과 붙어 있는 돌조각을 보여 주었다.

"파이프에서 올라온 장석 조각이옵니다."

"그러면 드릴이 부서질 만도 하군."

모스 굳기계에 따르면 장석은 단단한 암석에 속한다.

그때, 곽무진이 목소리를 살짝 낮춰 말했다.

"그래도 이제야 뭔가 감이 좀 잡히는 것 같사옵니다."

"그게 무슨 소리야?"

"소인은 지금까지 광산을 집처럼 여기며 살았사옵니다."

"그건 나도 잘 알지. 그래서?"

"그런 소인의 경험에 비추어 보면 이런 장석이 나온 다음
엔 꼭 커다란 광맥을 발견했사옵니다."

"장석층만 뚫고 들어가면 석유가 나온다?"

"그럴 가능성이 크옵니다."

곽무진의 말은 분명 희망을 주는 내용이었다.

하지만 문제는 여전히 남아 있었다.

어쨌든 장석층을 먼저 뚫어야만 석유를 볼 수 있단 소리니
까.

그 문제로 머리를 싸매고 고민하고 있을 때.

홍달호가 주춤거리며 다가왔다.

"전하."

"무슨 일인가?"

"전하께서 주신 금강석, 그러니까 다이아몬드를 이용해 드릴을 만들어 보았더니 절삭력이 전보다 훨씬 좋아졌사옵니다."

"오오오오!"

제련 사업부에 심양성에서 발견한 다이아몬드를 몇 개 주고 드릴의 절삭력을 강화하는 방법을 찾아보라고 했는데, 공교롭게도 장석층을 뚫는 시점에 다이아몬드 드릴이 완성되었다.

난 하늘을 보며 중얼거렸다.

"역시 하늘은 스스로 돕는 자를 돕는구나."

바로 곽무진에게 지시를 내렸다.

"열세 번째 시추공은 제련 사업부가 개발한 다이아몬드 드릴로 시추해 보게. 아마 전보다 더 깊이 들어갈 수 있을 거야."

"예, 전하!"

흥분해 대답한 곽무진이 새로운 시추공으로 자리를 옮겨 다이아몬드 드릴 시추기를 고정하고 즉시 시추에 들어갔다.

지금은 증기 기관 시추기 하나만 사용했다.

가축을 이용하던 원시 시추기는 1년쯤 써 보고 나서 폐기했다.

효율이 영 별로인 데다, 죽어 나가는 가축 수도 너무 많아서 시추를 하는 건지, 도축하러 온 건지 헷갈릴 지경이었다.

쾅쾅쾅!

해머가 드릴을 때리는 소리가 귀청을 때렸다.

하지만 전처럼 골이 아프지는 않았다.

왠지 이번엔 될 거 같은 묘한 느낌을 받아서다.

열세 번째 시추공이란 점은 좀 걸리지만 뭐 어떤가.

여긴 서양이 아니라, 만주인데.

파이프는 전보다 빠른 속도로 사라졌다.

각 파이프는 10미터 길이였다.

서유럽회사 직원은 전부 내가 알려 준 미터법을 쓴 지 오래
다.

얼마 전부터는 군인들도 미터법을 배우고 있었다.

수치를 정밀하게 계산해야 실수를 피할 수 있는 서유럽회
사와 군대에서 먼저 숙원인 도량형 통일을 이루어 낸 셈이다.

파이프는 쉼 없이 시추공 안으로 빨려 들어갔다.

10개가 들어가면 100미터다.

그리고 20개가 들어가면 200미터다.

얼마 후엔 마침내 최고 기록인 1,000미터에 이르렀다.

장석층부턴 속도가 줄어들긴 했지만, 다행히 고장 나진 않
았다.

1,010, 1,020, 1,030······.

깊이가 깊어질수록 흥분과 긴장이 동시에 느껴졌다.

당장이라도 석유가 치솟을 거 같다는 기대감에서.

언제 갑자기 드릴이 고장 날지 모른단 불안감 때문이었다.

1,040, 1,050, 1,060, 1,070······.

정말 살 떨리는군.

더구나 깊이가 깊어질수록 해머가 파이프 끝에 달린 드릴에 전달하는 힘 또한 같이 약해질 수밖에 없어 시간이 더 걸렸다.

처음엔 드릴을 열 번 때리면 10센티미터를 뚫었다.

하지만 지금은 수백 번을 쳐야 한다.

마치 군대에서 국방부 시계를 보는 기분이었다.

상대성 이론은 이런 데 쓰는 게 아닐 테지만 어쨌든 다른 곳은 시간이 빠르게 흐르는데 여기만 느려진 듯한 기분이다.

1080, 1090, 1100…….

마침내 1.1킬로미터를 돌파했다.

1,110, 1,120, 1,130, 1,140…….

아직인가?

곽무진을 바라보니 그가 쓴웃음을 지었다.

"장석층은 이미 지난 거 같사옵니다."

"근데 석유는 나오지 않는군."

곽무진이 송구하단 표정을 지었다.

"소인이 예측을 잘못한 거 같사옵니다."

"괜찮아. 어쨌든 이번엔 1.1킬로미터 넘게 뚫었으니까."

느리게 느껴지긴 하지만 어쨌든 시간은 뒤로 흐르지 않는다.

아, EHS는 빼고.

1,150, 1,160, 1,170, 1,180, 1,190…….

설마 900미터에서 1.2킬로미터까지 한 번에 뚫는 건가?

1,200이라 적힌 파이프가 반쯤 들어갔을 때였다.

아주 깊은 지하에서 메아리처럼 드드득 하는 소리가 들려왔다.

뒤이어 해머가 아무리 때려도 파이프는 그 자리에 멈춰 버렸다.

난 하늘을 보며 쓴웃음을 지었다.

하늘이 도와주긴 했는데 이번엔 약간 모자랐나 보네.

시추기 옆에서 지켜보던 곽무진이 손을 뻗었다.

시추기 보일러에 석탄을 넣던 인부들도 허리를 펴고 기다렸다.

이대로 두면 시추기가 과열되어 망가질 수 있었다.

그래서 그 전에 시추기 작동을 멈추려는 거다.

곽무진이 시추기에 달린 차단기를 내리는 순간.

지금까지 미동도 없던 파이프가 갑자기 쑥 들어갔다.

마치 물고기가 낚싯바늘을 문 거 같은 광경이다.

"어?"

모두 멍한 표정으로 시추공을 내려다보고 있을 때.

난 재빨리 계단을 타고 시추기 위로 올라갔다.

시추기 위에는 작업하는 데 쓰는 발판이 있었다.

긴장한 나머지 침까지 꿀꺽 삼킨 난 발판 위에 서서 기다란 국자로 파이프 위에 고인 더러운 진흙물을 퍼내 확인했다.

물 위에 기름기가 둥둥 떠 있었다.

고기를 끓였을 때 생기는 기름기가 아니었다.

이건 기름, 그러니까 석유가 만들어 낸 기름기였다.

엄밀히 말하면 원유란 말이 더 맞겠지만 말이야.

어쨌든 됐다!

마침내 암반층을 뚫고 석유가 매장된 퇴적층에 진입한 거다!

난 재빨리 곽무진에게 지시했다.

"마침내 석유가 있는 지대에 들어갔다! 드릴 파이프를 송유관으로 교체하고 드럼통을 준비해라! 이제부터가 진짜니까!"

"예!"

곽무진은 흥분해서 직원들에게 지시했다.

조심해서 송유관을 넣고 드릴 파이프는 제거했다.

모든 작업을 마쳤을 때.

송유관에 차 있던 물이 보글보글 끓었다.

"올라오는 건가?"

그 순간.

슈우우욱!

석유가 진흙물과 섞여 10미터 넘게 솟구쳤다.

그 바람에 석유와 진흙물을 같이 뒤집어써 몸이 엉망이 되었지만, 기분만은 천하를 얻은 거처럼 기뻐 미칠 지경이었다.

"하하하하하!"

난 미친 듯이 웃어젖히며 석유 비를 맞았다.

미친 건 나만이 아니었다.

곽무진을 비롯해 자원 사업부 직원 수백 명도 같이 따라 웃었다.

심지어 나이 든 이들은 덩실덩실 춤까지 추었다.

대장간에 있던 제련 사업부 직원들도 소리를 지르며 달려왔다.

마지막에는 금군도 달려와 석유 시추 성공을 축하했다.

난 손에 묻은 석유를 보다가 주먹을 불끈 쥐었다.

이제 우리 조선은 산유국이다!

난 1년 더 머물며 대경 유전 개발을 지휘했다.

개발은 빠른 속도로 이루어졌다.

이미 시추에 성공한 전례가 있기 때문이다.

결과도 아주 좋았다.

이젠 열 번을 시추하면 세 번은 성공했다.

시추에 성공한 시추공엔 바로 송유관을 집어넣고 증기 기
관으로 돌리는 생산 시설을 설치해 원유를 지상으로 퍼 올렸
다.

생산한 원유는 드럼통에 담아 화물 기차에 실렸다.

그동안, 건설 사업부는 심양과 의주, 심양과 대경, 심양과
대련을 잇는 철도 노선 부설에 온 힘을 다해 가까스로 완성했

다.

즉, 대경에서 원유를 실은 화물 기차가 심양을 거쳐 대련, 혹은 의주로 바로 갈 수 있다는 뜻으로 물류의 혁명과 같았다.

건설 사업부는 철도만 깔지도 않았다.

대련과 정주, 남포, 제물포에 석유 저장고와 정제 시설을 지었다.

운송 수단은 역시 철도였다.

현재 도성과 의주를 잇는 경의선은 지선까지 완공되어 철로를 이용하면 원유를 정주, 남포, 제물포로 운송할 수 있었다.

그렇다고 원유 정제 시설이 엄청난 수준에 도달한 건 아니었다.

열을 가해 원유를 증기로 만들고 나서 각 성분의 끓는점이 다르다는 점을 이용하여 몇 가지 원료를 추출하는 정도다.

크게 보면 휘발유, 나프타, 등유, 경유, 아스팔트다.

물론 지금은 휘발유와 등유, 경유를 사용할 데가 많지 않았다.

고작 등유 램프 정도가 다다.

하지만 나프타는 다르다.

나프타엔 고무, 플라스틱을 합성할 수 있는 원료가 들어 있었다.

그리고 내가 지금 당장 원하는 것도 그거고.

고무로는 바퀴를 제조하고 플라스틱은 비닐의 재료로 쓰인다.

운송과 농업에 필수적인 재료인 셈이다.

그래서 휘발유 등은 저장고를 지어 저장하고 나프타는 서유럽회사 연구소에 보내 합성 고무와 플라스틱 연구에 쓰였다.

어쨌든 석유 시추와 운송까지 내가 할 일은 이제 다 끝났다.

이젠 정말 돌아갈 때였다.

대경에서 무려 4년을 지내는 동안, 이곳에 정이 꽤 많이 들었다.

대경은 떠나기 전에 놀이기구 바이킹처럼 회전하며 돌아가는 10여 대의 원유 생산 설비를 지켜보니 감회가 새로웠다.

황량한 대경역 앞에 곽무진과 홍달호 등이 모여 있었다.

모두 내 귀환을 축하하기 위해 모인 이들이다.

난 그들과 일일이 악수하고 나서 위로했다.

"과인만 먼저 가서 미안하군. 하지만 인력을 곧 충원하면 교대로 장기 휴가를 받을 수 있을 걸세. 조금만 더 고생하게."

괜찮다는 듯 고개를 끄덕인 곽무진 등이 일제히 큰절을 올렸다.

"만수무강하시옵소서."

"그래, 잘들 있게."

난 열차에 올라 심양성으로 향했다.

기차는 많이 덜컹거렸다.

아직 기술 수준이 높지 않아 어쩔 수 없는 일이었다.

하지만 말보다는 확실히 편했다.

밤에는 숙면까지 취할 수 있었다.

비슷한 광경을 보며 달린 지 며칠이 지났을 때.

마침내 심양성이 눈에 들어왔다.

몇 년 전에 강대산이 와서 한 말이 맞았다.

심양성은 천지개벽이란 말이 어울릴 만큼 많이 변했다.

포격으로 무너진 옹성과 성벽은 다시 원래 모습을 되찾았다.

성 동쪽에는 성과 어울리는 형태의 심양역이 들어서 있었다.

"정태화 총독이 신경을 많이 썼군."

심양성 안으로 들어가 보았다.

전에는 뭔가 우중충한 분위기였다.

하지만 지금은 번화한 시장도 있고 오가는 주민도 아주 많았다.

거기다 새로 올라가는 건물도 많아 활기차단 인상을 주었다.

주민은 반반이었다.

본토 사람 반, 포로 출신 사내들과 만주족 여자들 반.

난 고개를 끄덕이며 총독부로 들어갔다.

총독부는 청나라 황실이 지은 궁궐을 쓰고 있었다.

그리고 그중 반은 임금이 머물 때 쓰는 행궁으로 개조되었다.

난 행궁에 들어가 정태화를 만났다.

4년 전에 보았을 때보다 많이 늙긴 했다.

하지만 눈빛은 오히려 더 또렷해져 젊은이 못지않았다.

"그동안 고생 많았소."

"고생이야 신보다 전하께서 더 하셨지요. 그 열악한 데서 4년이나 머무르며 석유란 것을 채굴하실 줄은 정말 몰랐사옵니다. 아마 알았다면 가지 못하시게 말렸을 것이옵니다."

"경의 말대로 4년은 긴 시간이었소. 하지만 석유가 그만큼 우리에게 중요하기에 굳이 과인이 고생을 감수한 것이오. 경은 과인의 마음을 알아주리라 믿소."

"믿사옵니다."

"좋소."

난 정태화에게 브리핑을 받았다.

그동안 만주 총독부는 강과 호수 근처에 대형 농장을 지었다.

조선에서는 정책상의 이유로 자영농을 최대한 많이 만드는 게 목표였기에 조그만 땅이라도 나눠 농사를 짓게 유도했다.

하지만 만주는 그럴 필요가 없었다.

황무지가 좀 많기는 하지만 땅을 개간하고 물길을 끌어올 수만 있으면 호남평야 크기의 농장을 지을 공간이 넘쳐났다.

그리고 토질 자체도 그다지 나쁘지 않았다.

더구나 지금까지 농사를 지은 적 없는 곳이라 지력도 좋았다.

앞으로 몇백 년은 풍작을 기대할 수 있는 지역이다.

"관개는 어떻게 하였소?"

관개는 농사에 필요한 물을 농지까지 끌어온다는 뜻으로 농사를 짓는 농부에게는 한 해 일조량만큼이나 중요한 요소다.

"수로를 뚫고 펌프를 설치했사옵니다."

"증기 기관 펌프를 말하는 거요?"

"그렇사옵니다."

"그렇다면 할 만하지."

정태화가 직접 지도를 가져와 설명했다.

그에 따르면 대형 농장만 다섯 군데였다.

그 외에 짓고 있는 농장도 열 군데가 넘었다.

"인력의 충당이 시급하겠군."

"포로 출신 사내들과 만주족 여인들, 그리고 본토에서 일자리를 찾아온 사람들을 고용해 농장을 운영하고 있사옵니다."

"지금은 뭘 주로 생산 중이오?"

"밀, 콩, 옥수수와 같은 밭작물이 많사옵니다. 그리고 남쪽 지역의 수량이 풍부한 곳에서는 논을 개간하는 중인데,

천왕과 신선이 워낙 좋은 종자들이라 벌써 한 번 수확했사옵니다."

"전에도 한번 말했지만, 만주에서 생산한 양곡은 수출용이요. 본토에 기근이 들면 또 모르겠지만 만주에서 생산한 양곡을 본토에 뿌리면 애써 키운 자영농이 다 고사해 버릴 거요."

"명심하고 있사옵니다."

"좋소. 이제 광산을 살펴봅시다."

광산 개발도 순조로운 편이었다.

석탄, 철광석, 구리는 벌써 정상 궤도에 올라섰다.

그리고 알루미늄이나 몰리브덴 등도 채굴 중이었다.

철이나 구리에 비해 정련하는 방법이 어렵긴 하지만 두 가지 다 사업 발전에 아주 중요한 재료들이라 어쩔 수 없었다.

정태화에 이어 이완이 찾아왔다.

"말씀하신 대로 훈련도감은 구왈기야군 잔당과 마적, 비적 등을 소탕하며 국경을 넓혀 북서쪽으로는 고비 사막의 입구인 석림곽륵맹까지 진출했고 북쪽으로는 지도에 있는 베르고보이 호수까지 진출했사옵니다. 또 동쪽으로는 사할린섬을 점령해 조선의 강토임을 증명하는 표식을 남겼사옵니다."

난 지도를 유심히 살피며 국경에 선을 그었다.

서쪽은 고비 사막 입구, 북쪽은 시베리아 툰드라 입구, 그리고 동쪽은 연해주와 사할린까지가 우리 조선의 강역이었다.

불과 4년 만에 영토가 수십 배 더 늘어난 기분이었다.

이러다가 체하는 거 아닌지 몰라.

이완도 감격한 듯 머리를 조아렸다.

"전하께선 정복하신 땅 하나만으로도 한민족의 역사가 이어지는 한 영원토록 백성의 무한한 존경을 받으실 것이옵니다."

"다 4년 동안, 오지를 돌아다니며 힘쓴 훈련도감 장병 덕이오."

"성은이 망극하옵니다."

"확장할 만큼 확장한 듯하오."

"이젠 지켜야 할 때란 말씀이시옵니까?"

"그렇소. 지금 인구로 병력을 더 늘리면 젊은 인구가 너무 많이 군으로 빠져나가 국가의 성장 동력을 잃을 위험이 있소."

"알겠사옵니다."

"건설 사업부에 말해 국경 주요 도시까지 철로를 깔아 두라고 하시오. 철로가 있으면 국경에 병력을 배치하지 않아도 기동전을 통해 충분히 우리 강역을 방어할 수 있을 것이오."

"혜안이시옵니다."

이완이 나가고 나서 이번엔 강대산이 들어왔다.

"전하, 급히 아뢸 소식이 있사옵니다."

"뭔가?"

"청 황제가 지원군을 보내 주면 사천성을 주겠다고 했사옵니다."

"사천성? 거긴 이미 오응웅이 점령한 곳이잖은가?"

"그렇사옵니다. 우리가 사천성을 얻으려면 청 황제에게 지원군도 보내고 사천성의 오응웅도 알아서 쫓아내야 하옵니다."

"하, 꿈도 야무지군."

"상황이 급해 제정신이 아닌 거 같사옵니다."

"상황이 그렇게 안 좋은가?"

"허서리군이 산서, 섬서, 하남, 호북성을 차지했사옵니다. 청군에게 남은 땅은 하북, 산동, 강소, 안휘, 절강 정도이옵니다."

"현재 경정충의 영역은?"

"복건, 강서, 광동, 광서, 이 네 지역이옵니다."

난 쓴웃음을 지었다.

경정충이 그새 강남의 알토란 같은 땅을 다 먹었기 때문이다.

"오응웅은?"

"운남, 귀주, 사천, 청해, 감숙을 차지했사옵니다."

"4파전이란 소리군."

"그렇사옵니다."

난 머릿속에 중국 전도를 그려 보고 나서 물었다.

"청 황제는 분명 우리에게 도움을 청하기 전에 경정충과 오응웅에게 도움을 청했을 테지. 하지만 그 둘이 반응을 보이지 않으니까 우리에게 도움을 청한 것이고. 어떻게 생각하나?"

"추룡군 분석 요원들도 같은 의견을 내었사옵니다."

"그 분석 요원들이 우리 조선은 어떻게 대응해야 한다고 하던가?"

"더 혼란스럽게 만들어야 유리하다고 하였사옵니다."

"이유는?"

"그래야 화약, 무기, 물자 등을 더 팔 수 있다고 하였사옵니다."

"과인도 같은 생각이다. 4파전은 너무 위험해. 한 놈만 무너져도 3파전인데 그러다간 순식간에 한 놈이 통일해 버릴 수도 있어. 그러면 우리에겐 좋은 시절은 다 지나간 셈이지."

"하오면?"

"청 황제, 허서리 송고투, 경정충, 오응웅 이 네 명 외에 능력이 출중해 보이는 자가 있으면 용호군이 지원해 주도록 해. 물론, 뽑아 먹을 수 있을 만큼 최대한 뽑아 먹으면서 도와줘야겠지."

"몇 명이 좋겠사옵니까?"

"자네 오대십국이라고 아나?"

"수십 개 나라가 난립해서 혼란스러웠던 시기가 아니옵니까?"

"한번 그렇게 만들어 봐. 단, 오대십국은 송나라 조광윤이 통일했지만, 지금은 그렇게 되지 않도록 봐 가면서 말이야."

"……어려운 일 같사옵니다."

"당연히 어렵지. 하지만 성공만 하면 우리가 동북아를 지배할 수 있네."

"알겠습니다."

난 심양성에 일주일을 머물렀다.

청 황실이 후원을 잘 꾸며 놓아 쉬면서 눈 호강도 같이했다.

그러다가 기차를 타고 대련으로 떠났다.

대련도 4년 동안 몰라보게 달라져 있었다.

수군 기지와 함께 기초적인 석유 화학 단지가 들어섰다.

지금도 굴뚝에서 연기가 쉼 없이 피어오르고 있었다.

수군 기지에 들러 시설을 시찰했다.

대련 수군 기지에는 마주 수영이란 새 수영이 들어섰다.

경상, 전라, 충청에 이어 네 번째 정식 수영인 셈.

물론 세 수영 외에 다른 곳들도 있지만, 그곳들은 예비군 성격이 강해 논외로 치자.

대련 시찰을 마치고 나서 기차를 타고 다시 심양으로 향했다.

아직 대련에서 의주로 가는 직통 노선이 없었다.

그래서 심양을 거쳐 의주로 출발했다.

마침내 4년 만에 본국을 밟는 셈이다.

정주, 평양, 개성 등을 돌아보며 도성역에 도착했다.

이름은 도성역인 데 반해 역사 자체는 서대문 밖에 있었는데.

도성 안에 역사를 지으려면 부수고 다시 짓는 등 번거로운 것들이 많아 아예 도성 밖 여유 공간에 큰 역사를 지었다.

앞으로 조선의 문물이 이 역사를 통해 오갈 테니까 처음부터 화려하고 웅장하게 지어 새로운 조선을 상징하게 하였다.

난 도성역에서 주요 지선을 가리키는 표지판을 확인해 보았다.

대경까지 이어진 경의선부터 시작해서 경흥선, 경부선, 호남선 등 내가 살던 21세기에도 있던 철도 노선이 적혀 있었다.

무엇보다 경인선이 반가웠다.

전에 내린 지시대로 건설 사업부가 노들섬을 오가는 교량을 만드는 데 성공해 기차가 강남과 강북을 자유로이 오갔다.

이젠 제물포역으로 갈 때, 영등포로 내려갈 이유가 없는 거다.

마지막까지 꼼꼼하게 둘러보고 마침내 도성 안으로 들어갔다.

서대문 입구부터 수많은 백성이 나와 개선을 환영했다.

다들 만주에 관한 이야기를 들은 모양이다.

얼굴에 기쁨과 자긍심으로 가득했다.

그들에겐 만주 경략보다 호란의 치욕을 갚아 준 것이 더 컸다.

난 창덕궁으로 가지 않고 경복궁을 먼저 찾았다.

수년간의 공사 끝에 마침내 완벽히 복원했단 말을 들어서다.

흠, 확실히 법궁은 법궁이군.

창덕궁처럼 아름답진 않지만, 힘이 느껴져.

경복궁 근정전 앞에 복식을 갖춘 문무백관이 늘어서 있었다.

"상감마마, 환궁을 감축드리옵니다!"

"상감마마, 환궁을 감축드리옵니다!"

"상감마마, 환궁을 감축드리옵니다!"

문무백관이 외치는 소리가 쩌렁쩌렁 울리며 퍼져 나갔다.

이러니까 정말 돌아온 기분이 나는군.

212장. 반드시 성공시키겠사옵니다.

경복궁에서 문무백관의 하례를 받고 창덕궁으로 향했다.

창덕궁 돈화문 앞에 중전과 세자, 공주가 나와 기다리고 있었다.

절을 올린 중전이 약간 물기가 배인 목소리로 말했다.

"강녕하신 듯하여 마음이 놓입니다."

"과인이 없는 동안 고생 많았소."

이어 어느새 훌쩍 큰 세자가 다가와 인사했다.

"아바마마, 원로에 고생이 많으셨습니다."

난 어느새 내 가슴까지 자란 세자의 머리를 쓰다듬으며 웃었다.

"못 본 사이에 많이 자랐구나. 더 의젓해지기도 했고."

난 세자를 칭찬하면서 평안공주를 찾았다.

이제 제법 소녀티가 나는 평안공주는 중전 뒤에 숨어 있었다.

중전이 평안공주의 손을 잡고 미소를 지으며 말했다.

"은아, 아바마마께 어서 인사 올려야지."

하지만 평안공주는 옷고름만 매만질 뿐, 고개도 들지 않았다.

중전이 평안공주의 댕기를 쓸어내리며 말했다.

"오랜만에 뵈어서 그런지 부끄럼을 타는 거 같습니다."

난 껄껄 웃으면서 자리에 앉았다.

"하하, 이 아비의 얼굴이 햇볕에 많이 타서 몰라본 모양이구나."

"……."

난 공주 앞으로 손을 뻗었다.

"은아, 아비에게 와 주지 않으련?"

코를 훌쩍이던 공주가 와앙 하고 울음을 터트리며 달려왔다.

난 품에 안겨 서럽게 우는 공주의 등을 쓰다듬었다.

"그래, 그래. 이 아비가 미안하구나. 은이를 생각해서 좀 더 일찍 왔어야 했는데 중요한 일을 하다 보니까 많이 늦었어. 대신, 곧 돌아오는 은이의 생일은 아주 성대히 치르자꾸나."

고개를 든 공주가 옷고름으로 눈물을 닦으며 물었다.

"그게 정말이지요?"

"당연하지. 이 아비가 다른 건 몰라도 약속 하난 잘 지킨단다."

"피이."

귀엽게 입술을 삐죽이는 공주를 안고 일어나 대궐로 들어갔다.

먼저 윗전 두 분께 오랜만에 문안 인사를 올렸다.

그리고 좀 쉬고 나서 약속한 대로 공주의 생일잔치를 열었다.

공주의 생일잔치 겸 만주 경략을 축하하는 자리였다.

온 나라가 떠들썩했다.

도성은 물론이고 팔도의 모든 관아가 연회와 잔치를 벌였다.

소와 돼지를 잡고 술을 빚어 백성들을 배불리 먹였다.

잔치가 끝난 뒤에는 미뤄 둔 정무를 처리했다.

난 선정전에 나아가 시립한 대신들을 둘러보았다.

이경석, 허적, 권대운, 김좌명, 윤증, 남구만, 박세채, 박세당, 조사석, 민정중, 민유중, 김만기, 김만중의 얼굴이 보였다.

일흔을 훌쩍 넘겨 여든에 가까워진 이경석은 힘에 부치는 모습을 보였지만 아직 은퇴하긴 이르다는 듯 눈빛이 쨍쨍했다.

이경석을 제외하면 허적과 권대운, 김좌명이 노신 축에 들었다.

그 외 나머지는 모두 30대, 40대로 한창 일할 나이였다.

다들 만주 경략이란 엄청난 업적을 세운 내가 대궐에 복귀해 처음 연 조회라 그런지 생각보다 긴장한 얼굴로 서 있었다.

난 먼저 이경석에게 물었다.

"해외 조차지는 어떻게 하고 있소?"

"홋카이도, 대만, 호주 세 지역의 조차지에 병력과 이주를 희망하는 백성을 파견하여 현지 정착을 시도하고 있사옵니다."

"어떤 점에 중점을 두고 정착하는 중이오?"

"홋카이도는 주로 밭작물을, 그리고 대만은 사탕수수처럼 그 선에선 기르기 어려운 작물을 주로 기르고 있사옵니다. 그리고 호주에서는 전하께서 지도에 표시해 주신 광산 개발을 목표로 정하고 정착해 어느 정도 성과를 거두었사옵니다."

"인도네시아 쪽은 어떻소?"

"서유럽회사의 지원을 받은 용호군이 인도네시아 현지 부족을 지원하여 네덜란드 상인들을 쫓아내는 데 성공했사옵니다."

"과인이 말한 수마트라섬 북쪽은 확보했소?"

"예, 전하. 수마트라섬의 북쪽 아체 지역과 그 주변 해역을 인도네시아 현지 부족과 협의하여 조차지로 만들었사옵니다."

아체에는 천연가스가 난다.

난방과 관련한 중요한 원료여서 미리 확보하려는 거다.

천연가스가 나는 중동은 이미 유럽 제국의 각축장일 테니까.

인도네시아 아체 조차에는 용호군의 활약이 컸다.

착호군의 특 A급 암살자가 플레이어로 추정되는 인도네시아 현지 부족의 리더를 제거하는 데 성공해 판도를 바꿔 버렸다.

난 킬 메시지가 뜨자마자 강대산에게 지시를 내렸다.

강대산은 지시대로 인도네시아 현지 부족의 이인자를 리더로 세우고 가까운 대만을 통해서 무기와 화약을 지원했다.

최근에는 아예 대놓고 군사 고문단까지 파견했다.

그 덕분에 유럽 전쟁에 신경 쓰느라 해외에 무력을 투사하기 쉽지 않은 네덜란드 동인도회사를 쫓아내고 현지 부족이 인도네시아 전역을 통치할 수 있도록 물밑에서 지원했다.

용호군은 그 대가로 현지 부족 리더에게 아체를 달라고 했고 아체에 뭐가 있는지 알 리 없는 리더는 순순히 들어주었다.

오스트레일리아를 확보한 것도 마음에 들었다.

오스트레일리아는 광산과 목축, 이 두 가지 산업만으로도 전 세계에서 가장 안정적인 경제를 구축한 자원 부국이었다.

특히 광산이 아주 중요했다.

호주에는 다양한 자원이 엄청난 규모로 묻혀 있었다.

심지어 질이 좋은 데다, 노천 광산이기까지 했다.

즉, 질 좋은 자원을 돈을 덜 쓰고 채굴할 수 있다는 말이다.

그러니까 호주가 미래에 자원 시장을 꽉 잡을 수 있었던 거겠지.

다만, 문제는 인도네시아보다 훨씬 더 멀단 점이다.

뭐 당장 쓰려고 선점한 건 아니니까.

"원주민과의 관계는 어떻소?"

이경석이 대답했다.

"말씀하신 대로 최대한 편의를 봐주고 있사옵니다."

"현지 인력에게 조차지 밖으로 자주 나가지 말라고 하시오. 지금은 협력해도 시간이 지나면 자기네 땅과 자원을 우리가 뺏어 간 거로 인식해서 내전이 벌어질 위험이 있으니까."

"알겠사옵니다."

"훗날을 위해 문서 관리도 잘하시오. 우리가 합법적으로 그 땅을 차지한 문서가 반드시 있어야 하오. 그래야 무력을 투사할 필요가 있을 때, 다른 이들을 설득할 명분이 생기니까."

"명심하겠사옵니다."

난 그 외에도 정치, 교육, 농업, 국방, 산업, 문화 등 국정 전반에 걸쳐 브리핑받고 추가로 지시할 일이 있으면 지시했다.

그렇게 보름쯤 지나고 나서 좀 한가해졌다고 싶을 때.

미루어 둔 일을 처리하기 위해 서유럽회사를 찾았다.

장현이 먼저 나와 고개를 숙였다.

"대공을 이루신 것을 감축드리옵니다."

"고맙군."

난 장현과 안으로 들어가면서 그에게 물었다.

"조카 소식은 들었는가?"

장현이 움찔하며 물었다.

"어떤 조카를 말씀하시는 것이온지?"

"장희재 말이야."

"만주 전쟁에서 구왈기야군과 전투를 치르다가 공을 세워 큰 훈장을 받고 지금은 초관으로 진급했다고 들었사옵니다."

"그렇구만."

"혹시 마음에 걸리시는 일이라도?"

"사람은 태어나면서 운명이 정해져 있다고 믿는가? 아니면 살아가면서 주변 환경에 따라 운명도 바뀐다고 생각하는가?"

잠시 고민하던 장현이 대답했다.

"후자라고 생각하옵니다."

"나도 그렇네. 장희재도 그랬으면 하고."

"……잘할 것이옵니다."

"그래야겠지."

난 장희재를 따라 서유럽회사 대청으로 들어갔다.

서유럽회사는 폭발적인 성장을 거듭해 지금은 명동만이 아니라, 남쪽의 남산, 서쪽의 정동으로 확장을 거듭하고 있었다.

대회의실인 대청 역시 몇 년 전에 리뉴얼을 하였다.

국회나 대규모 강의실처럼 무대를 중심으로 반원형인 형태였는데, 난 그중 중앙 무대에 있는 옥좌에 가서 자리를 잡았다.

앞에 있는 좌석에는 남녀노소 수백 명이 앉아 있었다.

모두 서유럽회사에서 임원으로 활동하는 이들이었다.

임원들의 인사를 받고 나서 바로 밑에 앉은 장현에게 말했다.

"시작하시오."

"예, 전하."

곧 소매 사업부 양희를 필두로 각 사업부의 부장들이 차례로 일어나서 내가 자리를 비운 동안 이뤄 낸 성과를 보고하고 앞으로 어떤 식으로 사업부를 꾸려 나갈 것인지 발표했다.

발표 중간에 의문이 생기면 질문했다.

그리고 엉뚱한 방향으로 사업 방향을 잡은 부서에는 타당한 이유와 근거를 들어 가며 옳은 방향으로 가게 도와주었다.

워낙 사업부가 많아 한나절을 붙잡혀 있었다.

마지막으로 장현에게 지시했다.

"만주는 가축을 기르기에 아주 좋은 장소요. 특히 구왈기야군이 목초지로 사용하던 목장은 관리까지 아주 잘되어 있지."

장현도 벌써 서유럽회사를 이끌어 온 지 10년이 넘었다.

이젠 척하면 척이다.

"목축 사업부를 신설해 만주에 사업장을 내겠사옵니다."

"좋소. 양은 양털과 양고기를 생산하는 용도로 사육하고 소와 돼지는 식용으로 생산하시오. 이젠 우리도 고기를 먹어야지."

"바로 착수하겠사옵니다."

마지막에 덕담 몇 마디 해 주고 연구소로 자리를 옮겼다.

연구소에선 주로 세 가지를 살폈다.

하나는 기관총 프로젝트인 참수리였다.

다행히 어느 정도 성과가 있어 내년이면 결실을 볼 듯했다.

두 번째는 내연 기관이었다.

역시 예상대로 난관이 많아 3, 4년은 더 기다려야 할 거 같았다.

마지막은 전기였다.

의외로 이쪽은 개발 속도가 내 예상보다 빨랐다.

원유를 정제한 재료로 고무를 제조하여 전선까지 개발했다.

또, 기초적이기는 하지만 증기 기관으로 돌리는 터빈으로 전기를 생산하여 서유럽회사 본사에 설치한 조명등에 공급했다.

밤에 조명이 환한 서유럽회사 전경을 보며 코끝이 시큰했다.

전기의 사용은 근대 국가로 넘어갔다는 확실한 증거였으니까.

물론, 아예 성과를 알아볼 생각을 하지 않은 연구소도 있었다.

바로 항공 연구소다.

증기 기관으로도 비행기 엔진을 만들 순 있다.

하지만 너무나 비효율적이라 포기하고 내연 기관을 채택했다.

근데 정작 그 비행기의 엔진으로 채택한 내연 기관을 아직 개발하지 못해 프로젝트가 전체적으로 답보 상태에 놓여 있었다.

물론, 연구소도 놀고 있지만은 않았다.

풍력을 이용해 양력을 연구하고 소규모 비행선도 개발했다.

난 서유럽회사를 나서기 전에 지시했다.

"만주에서 가져온 총을 연구해 카빈과 권총, 그리고 저격총, 산탄총을 만들어 보게. 견본이 있으니까 어렵진 않을 거야."

"알겠사옵니다."

그로부터 1년 동안.

난 정사를 돌보면서 프로젝트를 몇 개 직접 챙겼다.

그중에는 전화기 개발도 있었다.

국토가 몇 배로 넓어진 만큼, 예전처럼 전서구에 의존해서 통치하다가는 급변하는 정세에 제대로 대응하기가 어려웠다.

그리고 두 번째는 바로 창덕궁을 리모델링하는 작업이었다.

일부 건물에만 설치한 상하수도를 창덕궁 전 지역으로 확대하고 나무로 때던 아궁이도 연탄보일러로 대체하기 시작했다.

또, 전기를 끌어와 조명등과 가로등을 설치했다.

창덕궁 리모델링이 성공하면 이를 레퍼런스로 삼아 관청으로 확대하고 마지막에는 민간에 공급할 계획을 세우고 있었다.

그렇게 정신없는 1년을 보냈을 때.

강대산이 도성으로 내려와 보고했다.

"산서, 절강, 강소, 하남 등을 지키는 한족 출신 지휘관을 몇 명 설득하여 내부에서 반란을 일으키도록 꾸몄사옵니다."

"한족이라…… 민족 갈등을 이용한 건가?"

"그렇사옵니다. 중원을 점령한 기간이 길지 않아서 한족의 눈에는 여전히 청 황제나 허서리 둘 다 만주족 오랑캐에 불과하옵니다. 한데 만주족끼리 벌어진 내분에 정작 희생을 강요당하는 건 한족이 대부분이어서 불만이 많았사옵니다."

보고를 끝낸 강대산이 돌아간 후.

난 방 안을 거닐며 고민하다가 홍귀남을 불렀다.

"귀남아."

"예, 전하."

"사격 연습은 매일 하고 있느냐?"

"금군 사격장을 빌려 매일 하려고 노력 중이옵니다."

"실력은 여전하겠지?"

홍귀남이 고개를 들었다.

"소관에게 맡기실 일이 있으시옵니까?"

"하나 있지."

난 홍귀남에게 그가 해야 하는 일을 알려 주었다.

처음에는 당황하던 홍귀남도 끝에 가서는 눈빛이 달라졌다.

"반드시 성공시키겠사옵니다."

"이번 일은 너와 나만 알아야 한다."

"여부가 있겠사옵니까."

홍귀남은 그날로 창덕궁에서 모습을 감췄다.

만주 장성 근처.

타아앙!

멀리서 울리는 총성에 밥을 먹던 어영청 장병들이 멈칫했다.

하지만 그들은 이내 별것 아니라는 듯 다시 식사에 열중했다.

열흘 전부터 수백 번 넘게 들어 온 총성이었다.

이젠 아무도 총성을 신경 쓰지 않는다.

야간에도 총성이 들려 가끔 놀라긴 했지만.

어영청 장병의 식판에는 밥과 국, 그리고 반찬 세 가지가 있었다.

열흘 넘게 야외에서 경계 작전 중이었지만 밥이 장성에서 근무할 때처럼 잘 나와 그리 고달프단 생각은 들지 않았다.

오늘 점심도 아주 푸짐했다.

갓 지은 따뜻한 밥에 된장을 풀어 끓인 배춧국이 기본이었다.

반찬으로는 백김치, 나물볶음, 설탕과 고춧가루를 섞은 양념으로 볶아 감칠맛이 폭발하는 돼지고기볶음이 나왔다.

설탕은 대만에서, 고춧가루는 본토에서 각각 들여왔는데 달고 매운 조미료를 조합해 양념장을 만들면 그 맛이 기가 막힌다.

식사가 끝난 후.

경계 식견을 지휘하는 초관 하나가 이를 쑤시며 물었다.

"오늘 식사 당번은 누구야?"

곧 세 명이 자리에서 일어났다.

"저흽니다!"

"전처럼 식판만 놓고 바로 돌아와야 해. 알았어?"

"예!"

곧 병사 세 명이 식판과 물병을 들고 언덕을 올랐다.

워낙 먼지가 많이 날려 식판은 보자기로 단단히 봉해 두었다.

구불구불한 황톳길을 10분쯤 올랐을 때.

언덕 정상에 나무와 모래 포대로 만든 사대가 있었다.

사대 위에선 머리와 얼굴을 보자기로 감아 두 눈만 밖으로 드러낸 호리호리한 사내가 앉아서 장총을 조작하고 있었다.

장총은 그들이 사용하는 송골매보다 두 배 정도 컸다.

또, 장총 위에는 거울이 달린 커다란 망원경도 있었다.

사내는 이번 장총도 마음에 들지 않는 모양이었다.

옆으로 치우고 나서 새 장총을 꺼내 망원경을 달았다.

사내 옆으로 버려진 장총과 나무 궤짝이 수십 개에 달했다.

훈련도감 수뇌부에서 절대 사내에게 말을 걸지 말라는 엄명을 들었기에 식사 추진을 담당한 세 명은 식판이 든 보자기와 물병만 놓아두고 왔던 길을 다시 돌아가기 시작했다.

타아앙!

갑자기 뒤에서 총성이 들렸다.

깜짝 놀란 세 명은 급히 뒤를 돌아봤다.

사내가 새 장총으로 사격을 한 모양이다.

총구에서 화약 연기가 올라왔다.

세 명의 시선은 총구에서 표적지로 옮겨 갔다.

표적지는 아주 먼 곳에 걸려 있었다.

군이 쓰는 도량형으로 따지면 5, 600미터도 훌쩍 넘을 듯했다.

저렇게 먼 거리에 있는 표적을 쏜다고?

저게 가능해?

그리고 대체 뭘 하려고 저렇게 장거리 사격을 연습하는 거지?

세 명의 머릿속엔 같은 의문이 동시에 떠올랐다.

하지만 누구도 입 밖으로 내진 않았다.

이번 일을 절대 함구하란 명령을 받아서다.

그들의 임무는 간단했다.

지금처럼 정체를 알 수 없는 사내에게 식사를 가져다주면서 외인이나 짐승이 귀찮게 하지 못하게 막는 것.

이내 고개를 절레절레 저은 세 명은 묵묵히 왔던 길을 걸어 내려갔다.

그렇게 사흘쯤 더 사내의 수발을 들었을 때.

더는 총성이 들려오지 않았다.

사내는 만족한 결과를 얻은 듯 유령처럼 자취를 감췄다.

장성 근처에서 보름 동안, 대구경 저격총인 검독수리 수백 정을 시험 사격하여 가장 영점이 잘 맞는 총을 찾아낸 홍귀남은 안전을 기하기 위해 장성을 따라 북서쪽으로 올라갔다.

한참을 달려 내몽골과 인접한 장가구에 도착한 그는 야음을 틈타 장성을 넘은 뒤에 다시 동쪽으로 계속 이동했다.

어영청이 관리하는 산해관이나 승덕을 이용해 장성을 넘지 않은 이유는 그곳에 청나라 군대가 상시 주둔하고 있어서다.

청 황제는 만주를 점령한 조선을 적대시하진 않았다.

그렇다고 친구로 생각하지도 않아 장성과 북경 사이에 있는 모든 요충지에 군대를 주둔시켜 조선군의 급습을 경계했다.

마찬가지로 천진 방향에도 대규모 군대가 주둔하고 있었다.

조선 수군이 대련에서 천진으로 곧장 공격해 올지도 모르니까.

그래서 홍귀남은 청군을 최대한 피할 목적으로 굳이 어영청의 수비 지역이 아닌 장가구까지 가서 장성을 넘어간 거다.

얼마 후, 홍귀남은 목적지에 무사히 도착했다.

그의 최종 목적지는 바로 청 황실이 있는 북경이었다.

하지만 북경으로 바로 들어가진 않았다.

그 전에 먼저 현지에 있는 용호군 요원과 접선부터 하였다.

추룡군에서는 아진이란 젊은 여자가 대표로 나왔다.

그리고 착호군에선 고겸과 고도, 두 명이 나왔다.

여전히 얼굴을 바람막이로 가린 홍귀남이 고겸에게 물었다.

"착호군은 왜 두 명이나 나왔지?"

고겸이 대답하기 전에 뒤를 돌아보았다.

허리에 칼을 찬 고도가 팔짱을 낀 자세로 콧방귀를 뀌었다.

한숨을 내쉰 고겸이 대답했다.

"저 친구는 인도네시아에서 얼마 전에 큰 건을 하나 했습니다."

"그래서?"

"이번 일도 자기가 맡을 줄 알았는데 용호군 밖에서 일을 맡을 사람이 따로 온다기에 누군지 보겠다며 따라왔습니다."

차갑게 웃은 홍귀남은 왼손으로 권총을 뽑아 고도를 겨누었다.

엄청나게 빠른 속도였다.

고도가 칼 손잡이를 막 잡았을 때는 이미 권총 코킹까지 끝나 발사만 하면 고도는 칼도 뽑지 못하고 절명할 판이었다.

그 순간, 고겸이 동료를 돕기 위해 검을 뽑으려 들었다.

검이 검집은 거의 다 빠져나왔을 때.

딸깍하는 소리가 들리며 고섬 눈앞에 권총 총구가 나타났다.

홍귀남이 오른손으로 두 번째 권총을 뽑아 그를 겨눈 거다.

눈 깜짝할 사이에 착호군이 자랑하는 최고의 요원 두 명을 제압한 홍귀남이 한기가 풍기는 서늘한 목소리로 경고했다.

"여긴 네놈들의 젖비린내 나는 호승심 따위는 끼어들 여지가 없는 곳이야. 대가리에 구멍 나고 싶지 않거든 빨리 꺼져."

고도가 분에 못 이겨 몸을 부들부들 떨 때.

고겸이 천천히 검을 검집에 넣으면서 말했다.

"저흰 고검 군장의 직계 제자입니다."

"그래서 그게 뭐?"

"이렇게 나오시면 나중에 문제가 생길 수도 있다는 뜻입니다."

홍귀남이 피식 웃었다.

"멍청한 놈들이 중국에서 몇 년 활약했다고 간덩이가 부어도 단단히 부었구나. 좋다. 네놈들이 먼저 꺼낸 얘기니까 착호군의 고검 군장에게 오늘 일어난 일을 상세히 작성해 보내라. 만약 보내지 않으면, 그땐 정말 되돌릴 수 없을 거다."

이를 악문 고겸은 지금까지 한마디도 하지 않고 지켜만 보던 아진을 힐끗 쳐다보고 나서 고도를 억지로 끌고 돌아갔다.

권총을 회수한 홍귀남이 아진에게 물었다.

"자네도 내게 할 말이 있나?"

"아닙니다."

"안가로 가지."

"예."

용호군 안가에 도착한 홍귀남이 그동안 등에 지고 다니던 기다란 나무 궤짝을 자기 옆에 놓고 나서 아진에게 물었다.

"위에서 무슨 명령을 받고 나왔나?"

"북경에서 곧 암살 작전이 있단 것만 알고 나왔습니다."

"표적이 누군지 듣지 못했나?"

아진이 고개를 끄덕이고 나서 눈을 빛내며 물었다.

"누굽니까?"

"청 황제다."

"예에?"

예상치 못한 발언에 크게 당황하는 아진.

홍귀남이 그런 그녀를 향해 경고를 보내왔다.

"목소리가 너무 크군."

"죄, 죄송합니다."

"자네가 보기에 가능할 거 같나?"

"청 황제를 자금성 내부에서 죽이는 일은 불가능합니다."

"어째서 그렇지?"

"일단 자금성 내부로 들어가는 모든 사람과 물건은 검문검색을 받습니다. 운이 좋아 들어갔다고 해도 접근할 방법이 없습니다. 허락받은 소수만이 접근할 수 있으니까요."

"몰래 잠입하는 방법은?"

"역시 무립니다. 자금성 밖엔 수만 명이 지키고 있고 안에는 내관 수천 명이 돌아가면서 24시간 경계하고 있으니까요."

"그렇다면 청 황제가 자금성을 나올 땔 노려야겠군."

아진이 다시 고개를 저었다.

"자금성을 나온다고 해도 수만이 넘는 호위병이 황제를 지킵니다. 아무리 저격 실력이 뛰어나도 그 거리에서 황제를 맞힐 순 없습니다. 설령 운이 좋아서 저격할 수 있는 거리에 표적이 들어오더라도 첫 발에 성공하지 못하면 금세 호위병이 황제를 둘러싸서 저격을 이어 나가지 못할 겁니다."

그러면서 아진이 홍귀남의 눈치를 살피며 말을 이었다.

"그렇다고 대운이 터져 첫 발에 표적을 죽인다고 해도 저격자는 도망칠 방법이 없을 겁니다. 거리가 너무 가까우니까요."

"청 황제의 호위가 언제부터 그토록 삼엄해졌지?"

"조선군이 만주를 점령한 직후라고 들었습니다."

"그렇군."

대답한 홍귀남이 잠시 생각하고 나서 물었다.

"청 황제가 자금성을 언제 나올지 알 수 있을까?"

"열흘 후일 겁니다."

"어떻게 그렇게 확신하지?"

"숭덕제를 아십니까?"

홍귀남이 미간을 찌푸리며 생각하다가 고개를 저었다.

"모르겠군."

"병자호란 때 쳐들어온 홍타이지가 바로 숭덕제입니다."

"그런데?"

"숭덕제의 능은 원래 심양에 있었습니다."

"아, 그렇다면 한동안은 참배할 수 없었겠군."

"그래서 청 황제는 자금성 동쪽에 거대한 사당을 세워 누르하치, 홍타이지 같은 선대 황제와 직계 조상의 위패를 모시고 있습니다. 지금으로부터 정확히 열흘 후가 홍타이지 기일이니까 반드시 자금성을 나와 그 사당을 찾을 겁니다."

잠시 고민하던 홍귀남이 물었다.

"사당 근처에 용호군 안가가 있나?"

"하나 있습니다."

"거리는?"

아진은 서랍에서 북경 지도를 꺼내 탁자에 펼쳤다.

"여기가 자금성이고 여기가 그 사당입니다. 그리고 이곳이 우리가 안가로 사용하고 있는 다관입니다. 찻집이란 뜻이죠."

"나도 다관이 뭔지 아네."

"죄송합니다."

"계속하게."

"청 황제의 어가는 이 방향에서 이쪽으로 이동할 겁니다. 그 외 다른 길은 너무 좁아서 어가가 지나갈 수 없습니다."

"거리는 얼마나 되나?"

아진이 턱에 손을 올리고 한참 궁리하고 나서 대답했다.

"안가에서 어가가 이동할 예정인 실까지는 가까운 곳이라도 700미터가 넘을 겁니다. 사실상 저격이 불가능한 거리죠."

지도를 뚫어져라 바라보던 홍귀남이 물었다.

"북경 안에 용호군 요원이 얼마나 있지?"

"요원은 20명 정도고 포섭한 인원까지 합치면 100명입니다."

"북경 용호군 책임자가 누군가?"

아진이 고개를 들어 홍귀남을 보았다.

"그건 왜 물어보시죠?"

"임무에 들어가기 전에 중요한 결정을 내려야 하기 때문이네."

"제가 책임잡니다."

"자네가?"

"책임자가 여자라서 이상하신가요?"

"아니, 너무 젊은 거 같아서."

"선전관은 어떤지 모르지만, 용호군은 능력제입니다."

홍귀남이 서늘한 눈빛으로 물었다.

"내가 선전관인 걸 어떻게 알았지?"

"선전관 중에 홍씨 성을 쓰는 분이 있는데 전하께서 아주 아끼시어 곁에 두고 부리신단 말을 들었습니다. 근데 그 선전관의 사격 솜씨가 조선을 넘어 천하제일이라 하더군요."

"머리는 좋은데 겁이 없군."

"겁이 없으니까 이런 곳에 와 있겠죠."

"뭐 일리가 없진 않군."

홍귀남은 북경성 책임자라는 아진과 상의해 작전을 수립했다.

이틀 후.

홍귀남은 용호군의 도움을 받아 검독수리를 성안으로 옮겼다.

물론, 그대로 밀반입할 순 없었다.

북경성 성문에서도 검문검색이 이뤄지기 때문이다.

그래서 용호군은 총을 분해해 부품 형태로 옮겼다.

자금성은 방비가 철통같지만, 북경성은 확실히 너무 넓어 그런지 곳곳에 틈이 있어 무기를 안가까지 옮길 수 있었다.

작전 개시를 사흘 앞두었을 무렵.

홍귀남은 다관으로 쓰는 안가 옥상으로 혼자 올라갔다.

그리고 옥상 지붕과 같은 색깔의 천을 덮어 몸을 위장했다.

마지막으로 안가까지 어렵게 들여온 검독수리 부품을 조립해 모래 포대로 만든 지지대에 올리고 탄환 세 발을 준비했다.

그러고 나서 남은 사흘 동안은 감각을 날카롭게 다듬어 갔다.

아진의 말이 맞았다.

정확히 사흘이 지났을 때.

황궁을 나온 칭 창게이 행렬이 사당으로 출발했다.

황제는 당연히 엄청난 수의 호위병에 둘러싸여 있었다.

호위병이 숲을 이루어 황제를 지키는 듯했다.

그럼에도 홍귀남은 동요하지 않았다.

어차피 예상했던 일이었다.

그는 스코프를 미세하게 조정해 청 황제를 찾았다.

앞에 있는 건물이 시야를 막고 있었다.

거기다 원거리 저격을 막기 위해 우산을 닮은 커다란 가림막으로 황제가 앉아 있는 장소를 가려 놓아 더 쉽지 않았다.

하지만 그건 사실, 그를 괴롭히는 가장 큰 문제는 아니었다.

황제가 대역을 내세웠을지도 모르기 때문이다.

대역이라면 저격에 성공해도 완벽한 실패다.

여러 가지 악조건 속에서도 홍귀남은 차분히 때를 기다렸다.

그러면서 스코프를 12시 방향으로 살짝 옮겨 누군갈 찾았다.

관측수가 옆에 있으면 금방 할 수 있는 일이었다.

하지만 지금은 모든 걸 혼자 해야 해서 시간이 걸렸다.

곧 찾던 이가 스코프에 들어왔다.

바로 아진이다.

훗, 재밌는 아가씨였어.

아진은 구경 나온 사람들 틈에서 어가 행렬을 관찰했다.

잠시 후, 고개를 돌린 그녀가 그가 숨어 있는 장소를 보았다.

그러면서 손가락으로 동그라미를 그렸다.

미리 약속한 수신호였다.

홍귀남은 속으로 참았던 숨을 내쉬었다.

아진에 따르면 황제는 대역이 아니었다.

청 황제 본인이 분명했다.

그녀는 용호군에서 청 황제를 가장 잘 아는 요원이었다.

그래서 그녀가 준 정보는 신뢰도가 높았다.

다시 어가가 움직이는 길을 유심히 관찰하던 아진이 이번에는 반대 손 손가락으로 동그라미를 그려 그에게 보여 주었다.

이번 신호는 저격 준비에 관한 내용이었다.

역시 문제없단 내용이었다.

수신호를 보낸 아진은 인파에 숨어 모습을 감추었다.

황제는 대역이 아니었다.

그리고 어젯밤에 준비해 둔 장치도 지금까지는 문제가 없었다.

즉, 일의 성패가 그의 저격 실력에 달려 있단 뜻이다.

홍귀남은 호흡을 길게 가져가며 맥박을 확인했다.

맥박이 느려지면서 주변 소음이 점차 사라져 갔다.

미세하게 흔들리던 총구도 천천히 안정을 찾아 갔다.

그때였다.

어가가 느릿느릿 아진이 있던 대로까지 진출했다.

황제의 호위병들이 칼과 총으로 구경꾼을 위협해 쫓아냈다.

심지어 근처의 민가나 상점에도 들어가 사람들을 쫓아냈다.

홍귀남은 스코프에 눈을 밀착했다.

서유럽회사 공업 사업부가 제조하는 렌즈의 성능이 전보다 더 좋아져서 어가 선두를 이끄는 청군 장수의 표정까지 보였다.

홍귀남은 총구를 미세하게 조정하며 어가를 찾았다.

곧 가림막에 가려진 어가가 스코프에 들어왔다.

군마 30여 마리가 이끄는 아주 화려한 어가였다.

규모도 거대해 집 한 채가 통째로 움직이는 거 같았다.

며칠 전에 아진을 통해서 어가의 구조를 알아냈다.

홍귀남은 그 구조를 머릿속으로 떠올리며 총구를 살짝 올렸다.

그때였다.

퍼엉!

갑작스러운 폭음이 울렸다.

뒤이어 길을 열던 기병 수십 기가 군마와 뒤엉켜 쓰러졌다.

말은 아주 겁이 많은 동물이다.

특히 소리에 아주 민감했다.

찍은 소리에도 깜짝깜짝 놀라 예민하게 반응한다.

물론, 훈련받은 군마는 일반 말보다 소리에 둔감한 편이긴 하지만 땅에 매설한 진천탄이 터지는 소리까지 견디진 못했다.

어가를 끄는 군마도 마찬가지였다.

고삐를 부술 듯이 홰를 치는 바람에 어가가 크게 흔들렸다.

그 순간, 가림막 밖으로 금관을 쓴 황제의 얼굴이 얼핏 드러났다.

아마 놀라서 얼굴을 앞으로 내민 거 같았다.

홍귀남은 숨을 천천히 내쉬다가 3분의 1쯤 남았을 때 멈췄다.

황제의 얼굴이 서서히 뒤로 움직일 때.

홍귀남은 방아쇠울에 걸어 둔 손가락에 힘을 주었다.

저격에선 방아쇠의 탄력성도 중요하다.

방아쇠가 너무 **빡빡**하면 방아쇠를 당길 때 손가락에 힘을 많이 줘야 하는데, 그럴 때 총구가 흔들릴 여지가 아주 높다.

반대로 너무 민감해도 문제다.

손가락을 살짝 대기만 해도 총알이 나간다면 장전한 총을 들고 이동해야 할 때, 오발 사고가 자주 일어날 수밖에 없다.

장성 근처에서 시험 사격할 때 영점이 맞는 총은 꽤 있었다.

하지만 그가 원하는 감도의 방아쇠를 찾는 일은 쉽지 않았다.

결국, 보름 가까이 걸려서야 딱 맞는 한 정을 찾아냈다.

이제 황제의 얼굴은 가림막에 가려 보이지 않았다.

하지만 상관없었다.

총알이 가림막을 뚫는 순간 탄도가 빗나갈 가능성은 약간 있지만, 검독수리가 워낙 대구경이라 그리 심하진 않을 거다.

심신이 완벽한 상태에 이르렀을 무렵.

홍귀남은 방아쇠에 힘을 더 가했다.

탕!

총성과 함께 총구가 들렸다.

홍귀남은 어깨로 총을 누르면서 스코프에 집중했다.

가림막에 시뻘건 핏물이 묻어났다.

이어 앞으로 고꾸라지며 쓰러지는 황제의 옆얼굴이 보였다.

관자놀이에 시커먼 구멍이 뚫려 있었다.

피는 많이 나지 않았지만, 즉사가 확실했다.

홍귀남은 천천히 일어나서 위장막을 걷고 검독수리를 챙긴 뒤에 신중한 걸음으로 지붕을 내려와 다관으로 들어갔다.

현장을 계속 지켜보진 않았다.

하지만 무슨 일이 일어나고 있을지는 눈에 훤했다.

놀란 청군은 즉시 북경의 모든 성문을 걸어 잠그고 탄환이 날아온 방향인 다관 쪽에 수만 명의 병력을 투입할 거다.

그들의 황제를 암살한 자객을 잡기 위해서.

사실 이번 작전은 저격보다 탈출하는 것이 좀 더 까다로웠다.

성문을 걸어 잠그면 북경을 빠져나갈 방도가 없었다.

그렇다고 여기서 생을 마감하고 싶지도 않았다.

그가 생각하는 본인의 사명은 상감마마께서 대업을 이루시는 그날까지 옆에서 보좌하며 작은 힘이라도 보태는 거였다.

고작 청 황제 하나 죽인 일로 사명을 포기하고 싶지 않았다.

다관을 나왔을 땐 이미 청군이 성난 파도처럼 몰려들고 있었다.

황제를 지키지 못해 극도로 분노한 청군은 한족, 만주족 가릴 거 없이 닥치는 대로 때리고 붙잡아 자금성으로 끌고 갔다.

그를 발견한 청군 수십 명이 고함을 지르며 달려들었다.

검독수리를 등에 멘 홍귀남은 권총을 뽑았다.

탕탕탕!

빗나가는 총알이 없었다.

총성 한 번에 청군 한 명이 쓰러졌다.

리볼버 권총 두 자루에 장전해 둔 총알을 순식간에 전부 소진한 홍귀남은 근처에 있는 더럽고 좁은 골목으로 뛰어들었다.

이어 배낭에서 진천탄을 꺼내 장착하고 담을 넘어 달아났다.

그를 쫓아오던 청군은 진천탄 폭발에 휩쓸려 날아갔다.

홍귀남은 비격뢰도 아낌없이 사용했다.

연막탄과 수류탄을 번갈아 사용해 추격군의 발목을 잡았다.

그렇게 골목 몇 개와 담 몇 개를 넘었을 때.

인적이 없는 너른 공터가 나왔다.

그리고 그 공터 가운데에 검은색 풍선을 매단 열기구가 있었다.

열기구 안에서는 아진이 초조한 표정으로 기다리고 있었다.

그녀는 보일러를 가동해 이미 열기구를 공중에 띄운 상태였다.

다만, 이미 충분한 부력을 받고 있음에도 떠오르지 못한 이유는 열기구에서 나온 밧줄이 근처 나무에 매어져 있어서다.

배라 치면 닻인 셈이다.

아진이 그를 보고 소리쳤다.

"청군이 바로 뒤까지 쫓아왔어요!"

홍귀남은 남은 진천뢰를 설치하고 나서 열기구로 달려갔다.

손에는 이미 칼이 들려 있었다.

나무에 묶인 밧줄을 단칼에 잘라 낸 홍귀남은 빠르게 떠오르는 열기구의 난간을 잡고 몸을 날려 그 안으로 뛰어들었다.

그를 쫓아오던 청군이 진천뢰에 달아 둔 인계철선을 건드리는 바람에 굉음이 울리며 흙먼지가 버섯구름처럼 피어올랐다.

홍귀남은 폭발 현장을 지켜보다가 소리쳤다.

"좀 더 빨리는 안 되나?"

"이게 최선이에요!"

그때, 지상에서 총알 수십 발이 열기구로 날아왔다.

대부분은 빗나갔다.

하지만 그중 몇 발은 열기구 풍선을 제대로 맞혔다.

입술을 깨물며 바람이 빠져나가는 풍선을 지켜보던 아진이 열기구 바구니에 있던 모래 포대를 떼어 내 바닥에 던졌다.

그녀의 의도를 알아챈 홍귀남도 작업을 도왔다.

무게가 가벼워지면서 열기구의 상승 속도가 좀 더 빨라졌다.

덕분에 청군이 쏜 총알도 더는 열기구를 맞히지 못했다.

하지만 풍선에 뚫린 구멍도 같이 커지는 바람에 일정 고도에 이르렀을 무렵, 더는 상승하지 못하고 하강에 들어갔다.

홍귀남은 재빨리 고개를 뒤로 돌렸다.

북경성의 거대한 성벽까진 아직 1킬로미터 넘게 남아 있었다.

"이제 어떡할 거지?"

홍귀남의 물음에 아진이 구석에 있던 배낭 같은 걸 내밀었다.

"공수 훈련은 받아 보셨어요?"

"공수 훈련? 그게 뭐지?"

"최근에 팔장사와 용호군이 도입한 훈련 방식이에요. 열기구 같은 데서 등에 낙하산을 메고 지상으로 뛰어내리는 거죠."

홍귀남이 두툼한 배낭을 보며 물었다.

"이게 낙하산인가?"

"빨리 착용하세요. 더 늦으면 낙하산마저 소용없어질 테니까."

"그러지."

배낭을 등에 짊어진 홍귀남이 착용법을 몰라 고민할 때.

순식간에 낙하산 착용을 마친 아진이 다가와 그를 도와주었다.

가슴띠와 다리띠 등을 단단히 조여 풀리지 않게 했다.

고글을 쓴 아진이 돌아서며 말했다.

"열기구에서 뛰어내리면 바로 배낭에 튀어나와 있는 검은 손잡이를 힘껏 당겨요. 그러면 안에서 낙하산이 나올 겁니다."

그때, 위에서 푸슈슉 하며 바람 빠지는 소리가 들렸다.

점점 커지던 풍선 구멍이 급기야 완전히 찢어지는 바람에 열기구가 한쪽으로 크게 기울며 지상으로 추락하려 들었다.

아진은 주저 없이 공중으로 몸을 날렸다.

그리고 손잡이를 당겨 낙하산을 펼쳤다.

한 30미디쯤 빠른 속두로 떨어지다가 우산처럼 생긴 낙하산이 바람을 받아 빵빵하게 부풀면서 속도가 천천히 느려졌다.

홍귀남도 재빨리 열기구 난간을 밟고 몸을 날렸다.

그때, 쪼그라든 열기구 풍선이 바람에 밀리다가 그를 툭 쳤다.

"크윽."

끔찍한 고통이 등을 타고 퍼졌지만 떨어져 죽는 거보단 나았다.

홍귀남은 재빨리 낙하산 손잡이를 당겼다.

보이지 않는 손이 양어깨를 잡아챈 거처럼 충격이 밀려왔다.

고개를 들어 위를 보았다.

낙하산이 바람을 받아 우산처럼 펼쳐져 있었다.

덕분에 떨어지는 속도가 느려졌다.

하지만 여전히 북경성 위에서 벗어나지 못하고 있었다.

홍귀남은 고개를 돌려 아진을 찾았다.

아진은 낙하산에 달린 줄을 당기면서 북경성 밖으로 날아 갔다.

아, 저렇게 하는 거군.

홍귀남은 아진이 조작하던 방법대로 낙하산 줄을 조정했다.

잠시 후, 홍귀남은 마침내 북경성 성벽을 벗어날 수 있었다.

여전히 청군이 쫓아오고 있었지만, 상관없었다.

거리가 워낙 많이 벌어져 있었다.

홍귀남은 공중을 훨훨 날아서 북경성을 바로 벗어났지만, 청군은 건물이란 장애물에 막혀 속도를 제대로 내지 못했다.

거기다 닫아 둔 성문을 다시 여는 데만 시간이 한참 걸렸다.

낙하산 덕분에 빠르게 활강하며 북경성과의 거리를 벌린 홍귀남은 관목이 우거진 숲에 떨어져 잠시 옴짝달싹 못 했다.

다행히 도와줄 사람이 근처에 있었다.

아진이 달려와 칼로 낙하산 줄을 끊고 그를 빼냈다.

지상으로 무사히 내려온 홍귀남은 한숨을 내쉬면서 말했다.

"용호군에 미안하군."

"뭐가요?"

"열기구와 낙하산은 용호군 탈출용이었는데 내가 써 버렸 잖은가."

"청 황제를 죽이는 데 이 정도 희생은 감수해야죠."

"아무튼 서두르세. 놈들이 곧 대대적인 추격 부대를 꾸릴 거야."

"예."

두 사람은 평범한 한족처럼 위장해 서쪽으로 달렸다.

열흘 전 안가에서 홍귀남이 아진에게 책임자가 누구인지 물어본 이유는 청 황제를 저격하고 나서 용호군이 준비해 둔 수단을 이용해 탈출하기로 처음부터 마음먹었기 때문이다.

아진은 흔쾌히 승낙했다.

솔직히 아깝긴 했다.

오랫동안 심혈을 기울여 준비한 탈출 방법이었으니까.

하지만 암살 대상이 청 황제란 말에 반대하지 않았다.

아진은 북경성에 있는 요원과 포섭한 인물부터 탈출시켰 다.

청 황제를 암살하고 나면 분명 대대적인 수색과 분노의 숙청이 이루어질 거기에 그 전에 요원들을 반드시 빼내야 했 다.

다 빼낸 뒤에는 작전에 들어가 마침내 청 황제를 암살했 다.

홍귀남을 따라 달아나면서 아진은 앞으로 이런 엄청난 암살 작전을 또다시 경험하긴 쉽지 않을 거라는 예감이 들었다.

실제로 청 황제 암살 사건의 여파는 엄청났다.

그렇지 않아도 혼란스럽던 중국 정세가 아비규환으로 변했다.

난 조회를 주재하다가 손을 들었다.

"오늘은 여기까지 해야겠소."

이경석이 조심스러운 표정으로 물었다.

"옥체에 불편하신 데라도 있으시옵니까?"

"그냥 잠시 쉬려는 거뿐이오."

"하오면 남은 일정은 신이 주재하겠사옵니다."

"그러시오."

난 이경석에게 조회를 맡기고 서둘러 희정당으로 돌아갔
다.

조회를 보다가 급히 나온 이유는 킬 메시지가 떠서다.

홍귀남이 마침내……, 강희제를 죽였군.

흠, 그가 무사히 돌아와야 할 텐데 걱정이야.

강대산이 직접 챙긴다고 했으니까 큰 문젠 없겠지.

잠시 후, 희정당 침실에 앉아 전리품을 확인했다.

죽은 강희제가 남긴 수명과 스킬은 모두 쓸 만했다.

수명은 9,000일이 넘었다.

패시브와 액티브 스킬도 둘 다 최고 등급이었다.

사르후의 각개 격파! (SSS)

청 태조 누르하치는 수적 열세에서 치러진 사르후 전투에서 각개 격파를 통해 명나라, 조선, 여진 연합군을 물리쳤다.

기동 대응 레벨: 5

정찰 효과 레벨: 4

지형 이점 레벨: 3

강희제가 남긴 패시브 스킬이다.

그래서인지 청나라가 지금까지 치른 모든 전투 중에서 가히 최고라 할 수 있는 사르후 전투를 모델로 쓴 스킬이 나왔다.

기동 대응, 정찰 효과, 지형 이점 모두 적은 병력으로 다수의 적을 각개 격파할 때 필요한 스킬로 잠재적인 적국보다 인구가 적을 수밖에 없는 조선과 궁합이 아주 잘 맞았다.

철옹성! (SSS)

스킬을 발동하면 호위 부대가 플레이어를 배신할 가능성이 떨어지며 능력도 대폭 늘어나 암살당할 위험이 줄어든다.

충성 레벨: 6

능력 레벨: 5

액티브 스킬인 철옹성은 개인 호위에 관한 스킬이었다.

강대한 적도 두렵지만 그보다 더 두려운 건 측근의 배신이다.

그런 점에서 철옹성 스킬도 아주 유용하다.

이 스킬을 쓰면 금군은 절대적으로 나에게 충성을 바칠 테니까.

그리고 그 밑은 현 금군의 능력과 규모를 봤을 때 조선에서 어떤 식의 반란이 일어나도 제압할 수 있다는 뜻이 된다.

난 스킬의 세부 사항을 꼼꼼히 살피면서 강희제를 떠올렸다.

아마 그도 철옹성을 썼을 테지.

하지만 스킬을 써도 쉽게 막지 못하는 방법이 하나 있었다.

바로 초장거리 저격이다.

초장거리 저격에 성공하려면 두 가지가 필요하다.

하나는 성능이 뛰어난 저격총이다.

다행히 심양성에서 전리품으로 획득한 저격총이 몇 정 있었다.

화기 사업부는 그 저격총 기술을 연구하고 나서 송골매를 기반으로 장거리 저격이 가능한 검독수리를 새로 개발했다.

두 번째는 훌륭한 저격수다.

그냥 실력이 뛰어난 정도론 안 된다.

뛰어나다 못해 인간의 한계를 넘어선 저격수가 꼭 필요했다.

다행히 나에겐 홍귀남이란 불세출의 저격수가 있었다.

저격수를 상대하는 법은 크게 두 가지다.

하나는 저격수가 저격하지 못하도록 경호 전략을 짜는 거다.

방탄 장비를 사용하거나 이동할 때는 항상 은폐, 엄폐에 신경 써서 저격수에게 아예 저격할 기회조차 주지 않는 거다.

두 번째는 저격수에게 거리를 주지 않는 방법이다.

아무리 실력이 좋은 저격수라도 거리에 한계가 있기 마련이다.

현대라면 2킬로미터 정도가 한계일 거다.

하지만 이곳에선 길어야 500미터다.

즉, 500미터 안으로 저격수가 들어오지 못하게 차단할 수만 있으면 저격에 당할지 모른단 공포에서 벗어날 수 있었다.

아마 강희제도 그렇게 생각해 호위를 배치했을 거다.

하지만 홍귀남에게 500미터는 한계가 아니다.

오히려 언제든 도전이 가능한 거리다.

즉, 실력을 다 발휘하면 600미터, 700미터도 가능하단 뜻이다.

그게 강희제의 패착이었을 테지.

보름 후.

작전을 마친 홍귀남이 무사히 돌아와 보고했다.

보고를 듣고 내 생각이 맞았음을 확인할 수 있었다.

"네가 고생이 많았다."

"아니옵니다."

"이번 전공이면 1급 훈장을 줘도 아깝지 않다. 하지만 우리가 타국의 원수를 암살했단 사실을 공식적으로 인정할 순 없으니까 훈장 대신 다른 걸 주고 싶은데 원하는 것이 있느냐?"

홍귀남이 잠시 고민해 보고 나서 대답했다.

"전하 곁에서 계속 보필할 수 있는 것만으로도 충분하옵니다."

"그래도 원하는 것이 있으면 언제든 말하도록."

"성은이 망극하옵니다."

홍귀남이 원래 자리로 돌아가고 나서.

고검이 노발대발해 고겸과 고도란 놈들을 본토로 불러들였단 말을 듣긴 했지만, 나랑은 상관없는 일이어서 금방 잊었다.

◆ ◈ ◆

지난 1년 동안, 서유럽회사는 기록적인 매출을 올렸다.

매 분기 성장률이 말이 안 될 정도였다.

물론, 그 매출은 거의 다 중국에서 나왔다.

천하를 움켜쥐려는 자들은 강력한 군대가 필요했다.

그리고 강력한 군대를 만들기 위해선 질 좋은 무기, 화약, 군량, 그리고 군복, 철모 같은 군수품이 대량으로 필요했다.

서유럽회사의 모든 사업부는 중국 수출에 매진했다.

그 결과 조정이 거두는 세금의 몇 배가 넘는 돈을 벌어들였다.

서유럽회사는 영업 이익 일정 부분을 세금으로 조정에 내기 때문에 호조가 지나친 흑자 재정에 부담을 느낄 정도였다.

근데 그런 상황에서 엄청난 일이 터졌다.

강희제가 죽으면서 청나라가 더 큰 혼란에 빠진 거다.

강희제에게 아들이 몇 있긴 했다.

하지만 다들 다섯 살이 넘지 않았다.

거기다 태자를 미리 정해 두지 않고 죽어서 방귀 좀 뀐단 황족은 전부 어린 황자를 하나씩 끼고 황위 다툼을 벌였다.

더 큰 문제는 강희제 암살에 충격받은 황태후마저 급사하면서 중간에서 이를 조정해 줄 황실 큰 어른이 사라졌단 거다.

청 황실이 개판으로 변한 사이.

그동안 만주족에게 억눌려 살던 한족이 똘똘 뭉쳐 봉기했다.

북경과 거리가 먼 안휘, 절강을 시작으로 산서, 산동으로 번진 반역의 불길은 급기야 하북까지 옮겨붙어 절정에 달했다.

하북은 북경이 있는 지역이다.

즉, 청나라 본진에서마저 반란군이 봉기한 셈이다.

당황한 청나라 조정은 부랴부랴 북경 인근에 주둔해 있던 팔황기 몇 개를 보내 반란을 진압하려 했으나 턱도 없었다.

반란군은 원래 기세는 높을지 모르지만, 무기나 병사들의 질 면에서는 정규군과 비교해 많이 떨어지는 편이 사실이다.

더욱이 현대와 가까울수록 그 격차는 더 심해진다.

민병대가 공군을 이기지 못하는 이치와 같다.

하지만 반란군의 무기는 청나라 팔황기 못지않았다.

아니, 심지어 빛 사신 팔황기보나 뛰어났다.

물론, 그 이유는 조선이 무기를 몰래 대 주고 있기 때문이다.

난 강대산에게 보고받고 나서 물었다.

"산동성 반란군 지도자가 누구라고?"

"이무악이란 자이옵니다."

"이름이 있는 자인가?"

"명말 청초에 난을 일으켜 북경 등을 함락한 역사가 있는 이자성의 후손을 자처하고 있는데 확인할 길이 없사옵니다."

"똑똑하군. 청나라에 대항한 이자성의 이름을 팔면 만주족을 싫어하는 한족의 지지를 끌어내기가 좀 더 수월해질 테니까."

"그렇긴 하옵니다."

"용호군은 이무악에게 군량과 무기를 전보다 더 많이 공급하는 조건으로 산동성의 동영현을 조차하는 협상을 진행하게."

난 그러면서 지도에 동영을 표시한 지도를 강대산에게 건넸다.

강대산은 고개를 끄덕였다.

"이무악은 지금도 무기와 군량을 더 팔아 달라고 재촉하고 있사오니 동영을 달라는 조건을 군말 없이 수용할 것이옵니다."

"그렇다면 다행이고."

"동영을 원하시는 이유를 알 수 있겠사옵니까?"

"동영을 얻으면 두 가지 장점이 있네. 하난 장성 안에 거점이 생기는 것이니 교역을 더 안정적으로 진행할 수 있단 점이지. 두 번짼 동영에 승리 유전이 있네. 대경 유전에 거의 맞먹는 원유 매장량을 갖고 있어 미리 확보해 두려는 걸세."

"알겠사옵니다."

강대산은 산동으로 건너가 이무악과 협상을 진행했다.

그 결과, 우리가 무기와 군량을 더 많이 제공하는 조건으로 내가 점찍은 동영을 조선이 무기한 조차하는 협정을 맺었다.

협정을 맺은 직후.

난 이완과 이여발 두 명을 불러 지시했다.

"육군과 수군은 조차지에 대한 방어 계획을 세워 보고 하시오."

이완이 물었다.

"조차지 전부 말이옵니까?"

"그렇소. 대만, 인도네시아, 홋카이도와 왜국 광산들, 그리고 이번에 새로 얻은 산동의 동영까지 포함해 계획을 세우시오."

이여발이 뭔가를 생각하다가 물었다.

"기지나 시설을 지키는 쪽에 중점을 둬야 하는 것이옵니까?"

"그건 너무 비효율적이오."

"하오면?"

"조차지를 공격해 온 적의 원점을 타격하지 않으면 우린 계속 공격받을 수밖에 없소. 하여 조차지를 공격한 적의 뿌리를 뽑아 화근을 없애는 공세적인 방어 쪽으로 추진하시오."

시선을 교환한 이완과 이여발이 동시에 대답했다.

"어명을 받잡겠사옵니다."

육군과 수군이 공세적인 방어 계획을 세울 때.

중국에서는 이무악이 이끄는 산동군이 조선에서 사들인 무기와 군량을 이용해 북경이 있는 하북성으로 곧장 쳐들어갔다.

명나라 수도였던 북경은 한족에게도 중요한 장소였다.

곧 하북성 곳곳에서 전투가 벌어졌다.

청군, 산동군에 하북성 석가장에서 봉기한 한족 석가군까지 합쳐 세 지역의 군대가 물고 물리는 치열한 전투를 벌였다.

물론, 객관적인 전력에선 청군이 둘을 앞섰다.

하지만 산동군과 석가군이 패전 위기에 놓일 때마다 공조를 펼쳐 청군은 전력에서 앞서고도 반란군을 제압하지 못했다.

한족끼리 뭉쳐 만주족에 대항하는 셈이다.

난 강대산을 불러 지시했다.

"산동군과 석가군에 천둥 1형을 팔게."

"보라매나 참매 같은 소총은 몰라도 천둥 1형을 그들에게 팔면 조선이 뒤에 있단 사실을 청군이 알 수밖에 없사옵니다."

"이미 청군도 우리가 무기 장사한다는 사실을 알고 있을 거야."

"그거야 그렇지만……."

"상관없으니까 팔게. 포탄과 장약도 넉넉히 챙겨 주고."

"알겠사옵니다……."

천둥포를 산동군과 석가군에 판 효과는 바로 드러났다.

산동군과 석가군은 그들이 우세하던 야전에서뿐만 아니라, 청군이 우세하던 공성전에서마저 상대를 압도하기 시작했다.

급기야 북경성을 호위하기 위해 지은 지성마저 전부 한족 반란군에 넘어가 청군은 북경성 하나만 간신히 지키고 있었다.

강대산이 들어와 보고했다.

"방금 온 소식에 따르면 한족 반란군이 여드레째 북경성을 포위하고 천둥포로 북경 시내를 포격하고 있다고 하옵니다."

"청 황실은 어찌하고 있나?"

"우리에게 도움을 청해 왔사옵니다."

"우리에게? 무슨 조건으로?"

"하북성의 북쪽을 넘겨주겠다고 하옵니다."

"흥, 별 쓸모도 없는 땅으로 인심을 쓰는군."

"그러면……, 제안을 거절하시겠사옵니까?"

"그리게."

"알겠사옵니다."

"단, 놈들이 미쳐서 만주로 돌아오려고 할지 모르니까 먼저 장성을 지키는 어영청에게 수비에 만전을 기하라 전하게."

"예, 전하."

며칠 후.

강대산이 밤늦은 시각에 들어와 보고했다.

"전하, 청 황실이……."

"허서리군을 끌어들였나?"

"어, 어찌 아셨사옵니까?"

"그래서 끌어들였나?"

"예, 전하. 섬서성에서 출발한 허서리군이 산서성을 차지한 한족 반란군을 제압하고 북경성을 포위한 산동군과 석가군을 기습해 한족 반란군에게 큰 피해를 주었다고 하옵니다."

"한족 반란군은?"

"한족 반란군은 포위를 풀고 남쪽으로 후퇴했사옵니다."

"벼락 30문과 신형 포탄과 장약을 한족 반란군에게 넘기게."

"전하!"

"괜찮아. 30문이면 우리 안보에 큰 영향을 미치지 않을 거야. 그리고 그들 기술 수준으론 복제에도 시간이 걸릴 거고."

"……알겠사옵니다."

다시 보름 후.

마침내 강대산이 내가 진정 원하는 답을 들고 들어왔다.

"청 황실과 허서리군이 만주족의 영광을 재현한단 기치 아래 다시 모여 국호를 대청으로 바꾸었사옵니다. 그리고 조선이 한족 반란군에게 무기를 지원하는 통로를 끊겠다며 산동성 동영에 있는 조차지로 쳐들어와 항구를 공격했사옵니다."

난 옥좌를 박차고 일어났다.

"우리 조차지가 공격받았는데 그냥 있을 순 없지! 전군에 동영 조차지를 탈환하기 위한 작전을 개시한다고 통보하게!"

"예, 전하!"

곧 조선군은 두 갈래로 나뉘어 움직였다.

육군은 장성을 넘어 북경성으로, 그리고 수군과 충무청은 대련에서 출발한 뒤 동영항으로 이동해 상륙 작전을 개시했다.

216장. 그렇게 생각하는 이유는?

충무청 대장 조복양은 뒤를 힐끗 보았다.

원래 이종무함 함교에는 그의 좌석이 중앙에 있었다.

하지만 지금은 아니었다.

그는 한 칸 아래로 밀려났다.

그리고 그가 원래 차지하고 있던 자리엔 계급장에 용무늬를 새긴 제독 정복을 입은 상감마마가 다리를 꼬고 앉아 있었다.

조복양은 속으로 긴장하지 말자, 긴장하지 말자고 소리쳤다.

하지만 긴장이 되지 않으면 그게 더 이상했다.

결국, 상감마마 욕을 할 수밖에 없었다.

아니, 가시려면 이여발이 있는 수군 기함으로 가실 일이지, 왜 굳이 우리 기함으로 오셔서 사람을 긴장하게 만드신담?

다행히 상감마마는 몇 분 더 지켜보고 나서 충무함 함 내를 구경하겠다며 수행원 몇을 데리고 함교 밖으로 나가셨다.

그제야 긴장이 약간 풀린 조복양이 지시했다.

"충무청 전 장병에게 전해라. 하늘이 맑고 파도도 거칠지 않으니까 수군의 상륙 준비 포격이 끝나는 대로 상륙하겠다!"

"예, 장군!"

통신 참모가 곧 선내 통신기로 지시를 전달했다.

난 장병이 불편해하는 거 같아 잠시 함교를 나왔다.

물론, 이종무함을 둘러보고 싶단 생각도 없진 않았다.

여기에 쏟아부은 돈이 어마어마했으니까.

눈치챘을 테지만 함명은 이종무 장군에게서 따왔다.

이종무 장군은 세종 때 대마도를 정벌한 일로 유명하다.

일부 역사가들은 정벌의 효과가 미미했단 식으로 깎아내리기도 하지만 어쨌든 한반도 역사에선 드물게 2만 명에 가까운 군인이 대규모 상륙 작전을 펼친 것은 틀림없는 사실이다.

그래서 충무청의 기함 함명을 이종무로 정했다.

곧 조선 사업부장 순구가 옆에 따라붙어 설명했다.

"이종무함에는 초대형 증기 기관 보일러로 제작한 군함 전용 엔진을 설치해 기존 군함보다 속도를 끌어 올렸사옵니다."

난 계단을 이용해서 선체 가장 밑에 있는 기관실을 찾았다.

강철로 만들어진 증기 기관이 뜨거운 열기를 뿜어내고 있었다.

그리고 기관실 한쪽엔 웃통을 벗어젖힌 건장한 수병들이 삽으로 석탄을 퍼서 증기 기관 보일러 안에 집어넣고 있었다.

이종무함이 워낙 크다 보니까 들어가는 석탄의 양도 엄청났다.

증기 기관 보일러에 석탄을 넣어 물을 끓이면 거기서 발생한 증기가 엔진에 있는 여러 장치를 거쳐 프로펠러를 돌린다.

그러면 프로펠러가 물살을 갈라 배가 앞으로 나아가는 구조다.

난 고개를 돌리며 순구에게 물었다.

"선박에 쓸 내연 기관 엔진은 개발 중인가?"

"서유럽회사의 여러 연구소와 긴밀히 연계해 가며 개발 중이옵니다. 아마 2, 3년 내에는 시제품이 나올 거 같사옵니다."

증기선은 범선에 비해 장점이 많다.

기동성과 조향성 등에서 비교가 힘들 정도로 범선을 앞선다.

하지만 범선에 비해 딱 하나 단점이 있다.

바로 증기선을 움직이려면 석탄이란 연료가 필요한 점이다.

범선은 바람을 동력으로 삼았기에 꽤 크다.

거기다 석탄 자체도 그다지 효율이 높지 않은 연료다.

그래서 이종무함과 같은 초대형 군함을 증기 기관으로 돌리려면 반드시 석탄을 실은 수송함이 항상 따라다녀야 한다.

그렇지 않으면 바다 위에서 기동을 멈출 위험이 있다.

순구가 이끄는 조선 사업부는 이 문제를 해결하기 위해 10년 전부터 경유를 쓰는 내연 기관 개발에 박차를 가하고 있었다.

경유야 이미 충분한 수량을 확보해 두었다.

대경 유전은 벌써 원유를 펑펑 쏟아 내고 있었다.

그리고 대련 근처에 있는 요하 유전도 얼마 전부터 시험 시추에 들어가 시추공 몇 개를 성공적으로 확보했단 말을 들었다.

근데 정작 내연 기관 개발에 애를 먹어 아직 양산하지 못했다.

개발에 가장 큰 걸림돌은 내구성 확보다.

내연 기관은 고온, 고압인 환경에서 피스톤이 빠른 속도로 움직이기 때문에 실린더와 피스톤에 엄청난 부하가 걸린다.

다행히 합금의 강도, 내식성, 내열성을 올려 주는 몰리브덴 광산을 만주에서 발견한 덕에 요즘은 개발 속도가 올라갔다.

난 기관실의 강철 격벽을 두드리며 물었다.

"선체는 전부 강철인가?"

"선실을 포함한 몇 군데를 제외하면 전부 강철이옵니다."

"격벽은?"

"격벽은 전부 강철이옵니다."

"격벽 설계가 중요해. 돈 먹는 하마나 다름없는 군함이 적이 쏜 포탄 한 발에 가라앉아 버리면 피눈물이 절로 흐른다고."

"명심하겠사옵니다."

기관실 다음에는 함포를 살펴보았다.

함포는 제식 화포인 벼락을 함포용으로 개조한 버전이었다.

물론, 육군용 벼락과 비교해 몇 가지 차이점은 있었다.

일단 구경이 훨씬 컸다.

육군용과 비교하면 거의 세 배에 가까웠다.

그리고 회전식 포탑을 설치해 함교가 위치한 방향을 제외한 거의 모든 방향으로 언제든 포탄을 쏘아 보낼 수 있었다.

회전식 포탑이 갑판의 공간을 너무 많이 잡아먹다 보니까 함포 수는 전에 쓰던 군함보다 엄청나게 줄어 선미에 세 기, 후미에 세 기해서 총 여섯 문의 함포를 탑재하고 있었다.

대구경, 다연장 함포를 올려다보며 속으로 생각했다.

역시 항공 모함이 나오기 전까진 거함 거포로 가는 게 맞겠지.

그때였다.

펑펑펑펑펑!

동영향과 가까운 앞쪽에서 굉음 같은 포성이 울렸다.

수군 군함이 상륙에 앞서 준비 포격을 하는 모양이군.

어젯밤부터 두 시간에 한 번씩 포격했으니까 청군이 동영항에 어떤 준비를 해 두었는진 모르지만, 별 소용은 없을 거다.

저런 포격에 멀쩡할 참호나 건물은 없었으니까.

콘크리트로 벙커를 건설해 두었으면 또 모르지만, 용호군이 정찰한 결과, 포대를 쌓은 일반적인 참호와 철조망이 다였다.

이번 포격은 좀 전보다 길고 너 강력했나.

하지만 이종무함은 끝까지 참전하지 않았다.

임금이 타고 있어 위험을 피하기 위해서였다.

괜히 포격한다고 나섰다가 청군의 자살 돌격 같은 공격에 당해 내가 죽거나 다친다면 그건 조선 전체에 재앙이었다.

1시간 넘게 이어진 준비 포격이 끝났을 때.

난 함교로 돌아가 옥좌에 앉았다.

조복양이 일어나서 직접 지시를 내리고 있었다.

"상륙 지점에 특수 수색대를 올려 보내라!"

"예, 장군!"

난 앞에 있는 통유리창으로 걸어가 망원경을 눈에 가져갔다.

200 조선이 문명함 9

고무로 만든 보트 10여 대가 해안으로 나아가고 있었다.

난 고개를 돌려 순구에게 물었다.

"화학 사업부가 제공한 고무로 만든 건가?"

"그렇사옵니다."

"성능은 어때?"

"지금까진 큰 문제 없었사옵니다."

"그거 다행이군."

화학 사업부는 크게 두 가지 사업을 하고 있었다.

하나는 원유 정제였다.

그리고 다른 하나는 정제해서 얻은 물질로 고무, 플라스틱 같은 합성 원료를 제조해 다른 사업부에 납품하는 사업이었다.

조선 사업부는 화학 사업부가 제공한 고무 원료로 보트를 제조해 상륙 작전을 펼칠 일이 가장 많은 충무청에 먼저 제공했다.

특수 수색대 100명이 탄 고무보트는 산발적인 저항을 뚫고 해안가에 상륙해 적의 저항을 무너트리고 연막탄을 터트렸다.

곧 해안가 전체가 짙은 연기에 싸여 잘 보이지 않았다.

뒤에서 조복양이 지시하는 소리가 들려왔다.

"충무청 1사, 2사, 3사 순으로 상륙한다! 5사와 6사는 예비 병력으로 대기하라! 적의 저항이 거세면 마저 투입하겠다!"

"예, 장군!"

곧 충무청 소속 중형 상륙정 100여 척이 해안가로 진격했다.

전부 증기 기관을 쓰는지 굴뚝에서 올라온 연기로 인해 망원경을 아무리 들여다봐도 상륙하는 모습이 잘 보이지 않았다.

30분쯤 지났을 때.

총성과 포성, 그리고 진천탄이 터지는 소리가 섞여서 들려왔다.

다행히 그때쯤엔 연막도 가셔서 해안가의 상황이 드러났다.

상륙에 성공한 충무청 장병 수천 명이 상륙 교두보를 확보한 상태에서 항구 쪽으로 진격해 항구 사무소를 탈환했다.

잠시 후, 사무소 지붕에 조선 국기가 펄럭였다.

길이만 3미터가 넘는 거대한 국기에서 검은색과 붉은색을 섞어 형상화한 호랑이 머리가 바람을 맞아 포효하고 있었다.

난 국기 방향을 바라보며 애써 준 해병대원에게 경례를 보냈다.

그 모습에 다들 부동자세를 취하고 나서 같이 경례를 올렸다.

해가 저물기 전에 큰 피해 없이 동영항 전체를 탈환하는 데 성공한 충무청은 다음 날 오전부터 본격적인 상륙에 나섰다.

대련항과 정주항, 그리고 남포항에서 올라온 수많은 화물선이 동영항 부두로 들어가 싣고 온 무기와 군량 등을 내렸다.

　나도 이종무함에서 내려 동영항으로 이동했다.

　동영항 사무소엔 이여발, 강대산 등이 먼저 와 기다리고 있었다.

　나를 본 회의 참석자들이 일제히 일어나 군례를 취했다.

　난 가볍게 답례하고 자리에 앉아 물었다.

　"훈련도감에선 연락이 왔소?"

　이여발이 대답했다.

　"산발적으로 저항하는 청군을 격파하며 산서로 진격 중이라 하옵니다. 아마 지금쯤이면 퇴로를 차단했을 것이옵니다."

　난 한 번 더 강조했다.

　"이번 작전은 퇴로 차단이 중요하오. 만약 청 황실이 산서를 지나 섬서로 도망쳐 버리면 전쟁이 장기화될 우려가 있소."

　"명심하겠사옵니다!"

　장군들의 대답을 듣고 나서 고개를 반대편으로 돌렸다.

　그곳에 강대산과 고검, 안교안, 최재천 등이 앉아 있었다.

　하지만 내 시선을 끈 이는 맨 끝의 젊은 여인이었다.

　"그대가 아진인가?"

　아진이 일어나서 공손히 대답했다.

　"예, 전하."

　"중국에서 오래 활동해 이곳의 정황을 잘 안다지?"

"남들보다 약간 더 아는 정도이옵니다."

"청군이 동영항에 없단 말은 이곳이 아닌 다른 곳에 주력을 감춰 두었단 얘기일 텐데 그대는 그곳이 어디라고 생각하나?"

아진은 임금과 상관, 그리고 수군의 대장들이 지켜보고 있음에도 낯빛 하나 변하지 않고 그녀가 아는 정보를 설명했다.

"창주일 것이옵니다."

"그렇게 생각하는 이유는?"

"창주는 대운하가 시작하는 곳이어서 청군에게는 반드시 지켜야 하는 지역이옵니다. 대운하를 잃으면 강남에 대한 영향력을 완전히 상실하기 때문이옵니다. 또, 북경과 천진을 지기는 관문인 데다, 대군이 기동하기 편한 평지 지형이라, 병력이 많은 청군은 창주를 거점으로 삼았을 것이옵니다."

난 고개를 끄덕이며 앉으란 표시를 하였다.

아진이 앉고 나서 강대산에게 물었다.

"창주를 정찰해 보았나?"

"예, 전하. 청군 12만 명이 창주의 성과 요새 다섯 곳을 거점으로 삼고 조선군이 안으로 들어오길 기다리고 있사옵니다."

"우리가 들어가면 포위 섬멸하겠단 작전인가?"

"현재로선 그렇게 보이옵니다."

난 잠시 생각하다가 조복양에게 물었다.

"충무청은 어떻게 할 생각이오?"

"제일 가까운 거점부터 하나씩 점령할 계획이옵니다."

"청군이 다섯 거점에서 한꺼번에 다 튀어나올 땐?"

"현재 충무청의 전력이면 전면전을 벌여도 승산 있사옵니다."

난 대답하지 않고 이여발에게 물었다.

"충무청은 병력이 몇 명이오?"

"45,000명이옵니다."

"청군의 반도 안 되는군."

이여발이 조심스레 권했다.

"산서로 진격 중인 훈련도감 병력 일부를 남진시켜서 남북, 양쪽에서 창주를 에워싸 협공하는 방안은 어찌 보시옵니까?"

난 고개를 저었다.

"산서 포위망이 약해지면 적에게 탈출할 여지를 줄 수 있소."

난 다시 강대산을 보았다.

"석가군과 산동군은 어찌하고 있소?"

"전하의 지시를 기다리고 있사옵니다."

난 잠시 고민했다.

아니, 고민하는 척했다.

이미 작전은 출발하기 전에 세워 둔 상태였다.

다만, 석가군과 산동군이 내 지시를 정말 따를지가 문제였다.

그들이 따르지 않는다면 작전에 큰 차질을 빚는다.

"이무악과 석지평을 만나 봐야겠네. 그들을 덕주로 데려오게."

"알겠사옵니다."

강대산 등이 먼저 자리를 떠난 후.

난 이여발에게 지시했다.

"수군은 창주 위에 있는 천진항을 전력으로 공격하시오. 적이 우리가 창주를 우회해 천진에 상륙할 거처럼 느껴야 하오."

"알겠사옵니다."

"충무청은 지금 즉시 덕주까지 전 병력을 진격시키시오."

"에, 전하."

수군 수뇌부마저 나가고 나서.

난 옥좌에 등을 기대며 생각했다.

강남도 있으니까 여기서 시간을 오래 끌 순 없지.

덕주에 도착해 이무악과 석지평을 만났다.

석지평은 하북 석가장에서 봉기한 석가군의 맹주다.

통역은 필요 없었다.

세종대왕을 경배하라 스킬 덕에 웬만한 언어는 금세 익힌다.

난 상석에 앉아서 그들에게 자리를 권했다.

"편한 곳에 앉으시오."

그들은 잠시 소리 없는 경쟁을 벌였다.

누가 차석에 앉을지를 놓고 벌이는 눈치 싸움이었다.

결국, 이무악이 차석, 석지평이 그다음 자리에 앉았다.

이는 산동 전체를 장악한 이무악이 석가장 근처 하북 일부 지역만 장악한 석지평보다 끗발이 더 높단 뜻을 의미한다.

뭐 나야 누가 더 끗발을 날리는지는 별 상관없었지만.

"두 분을 급히 덕주로 모신 이유는 이참에 만주족을 궤멸하여 중원을 여러분과 같은 한족에게 다시 돌려주기 위함이오."

이무악이 중원식 포권을 하며 비장하게 대답했다.

"예도, 의도 모르는 무식한 오랑캐 놈들을 중원에서 몰아내 주신다면 이 자리에서 우리 산동 형제들은 영원히 조선을 배신하지 않고 친구의 의리를 지킬 것을 맹세하겠습니다."

선수를 빼앗긴 석지평도 얼른 포권했다.

"북경성을 오랑캐 손에서 되찾을 수만 있다면 우리 석가군도 조선을 피를 나눈 형제라 여기고 진퇴를 함께 하겠습니다."

난 속으로 코웃음 쳤다.

이놈들이 보자 보자 하니까 손 안 대고 코 풀려고 하네.

난 허허 웃으면서 고개를 끄덕였다.

"두 분 말씀 감사하오. 하나 중화의 일을 어찌 변방에 있는 우리 조선이 주재할 수 있겠소. 마땅히 이번 전쟁은 여러분 같은 한족의 손으로 마무리 지어야 의미가 있지 않겠소?"

이무악이 헉하고 숨을 들이쉬며 물었다.

"조선은 적극적으로 나서지 않겠단 말씀입니까?"

"주공은 한족이 맡고 우리 조선은 조공을 맡는 편이 훨씬 어울리는 그림 아니겠소? 조선이 주공을 고집하면 두 분을 따르는 한족 형제들은 늑대를 쫓으려다가 호랑이를 불러들였다고 여길 것이오. 과인은 그런 오해를 사고 싶지 않소."

곰곰이 생각하던 이무악이 고개를 주억거렸다.

"허허, 듣고 보니 전하의 말씀이 맞는 거 같습니다."

"그렇게 생각해 주어 다행이오."

칭찬받은 이무악이 우쭐거리며 대답했다.

"조선을 무시하는 말은 아니지만 역시 오랑캐를 쫓아내어 중화사상을 드높이는 대업은 우리 한족만이 할 수 있을 겁니다."

"훌륭한 자세요."

석지평도 중화사상이란 말에 눈이 확 뒤집혀 열심히 찬동했다.

난 완전히 넘어온 두 명에게 그들이 창주에 있는 청군을 상대로 어떻게 움직여야 하는지 아주 상세하게 알려 주었다.

심지어 가는 도중에 잊어버릴까 봐 반복해 설명했다.

설명을 들은 두 명은 자기만 믿으라고 큰소리치며 돌아갔다.

이무악과 석지평이 떠나고 나서.

난 쓴웃음을 지었다.

좀 전에는 버프와 스킬을 두 개나 써서 그들의 혼을 빼놓았다.

이 정도까지 해 놨는데 갑자기 배신하진 않겠지.

난 창주 평원이 내려다보이는 고지에 올라 망원경을 들었다.

마침 날이 맑아 창주 평원이 자세히 드러났다.

용호군이 조사한 대로였다.

평원 외곽을 둘러싼 성과 요새, 고지에서 청군의 흔적을 보았다.

난 쓴웃음을 지었다.

모르고 저 평원에 들어갔으면 다섯 방향에서 공격당했겠군.

그때, 왕두석이 소리쳤다.

"전하, 남쪽에서 흙먼지가 올라오고 있사옵니다!"

"오, 그래?"

난 망원경 방향을 남쪽으로 돌렸다.

조복양이 지휘하는 충무청 병사 45,000명이 모습을 드러냈다.

무대를 빛낼 두 주역 중 하나가 도착했군.

한족 반란군은 아직인가?

내가 속으로 한 말을 들었을 린 없다.

하지만 얼마 지나지 않아서 한족 반란군 10만여 명이 화려한 깃발을 들고 북과 징을 치면서 평원 북쪽으로 내려왔다.

즉, 남쪽은 충무청이, 북쪽은 한족 반란군이 진을 친 셈이다.

그리고 평원 서쪽에는 대운하가 있었다.

대운하의 반대편인 동쪽은 내가 지금 있는 고지였다.

지형이 가파르고 험해 역시 기동하기가 쉽지 않았다.

즉, 우리가 적을 반대로 역포위한 거 같은 형세였다.

난 고지까지 동행한 용호군 간부에게 물었다.

"수군이 천진항을 공격했다고 하던가?"

최재천이 나와 대답했다.

"예, 전하. 마지막으로 확인했을 무렵엔 천진항을 포격하고 나서 항구에 기만 용도의 상륙 작전을 시행하고 있었사옵니다."

난 지휘봉으로 흙 위에 그림을 그렸다.

"동영은 여기고 창주는 여기지. 그리고 천진은 여기, 북경은 이쯤일 거야. 수군이 천진을 점령하면 북경과는 불과 100킬로에 불과해. 보병이라도 넉넉잡고 사흘이면 도착할 거리지."

난 고개를 들고 최재천에게 물었다.

"자넨 이런 상황에서 청군이 어떻게 나올 거 같은가?"

"두 가지라고 생각하옵니다."

"말해 보게."

"첫 번째는 북경을 사수하기 위해 후퇴하는 것이옵니다."

"그러면 북쪽에 있는 한족 반란군을 뚫어야 하는데?"

"청군은 한족을 숫자만 많은 오합지졸이라 경시하고 있사옵니다. 어느 한쪽을 뚫어야 한다면 북쪽을 고를 것이옵니다."

"두 번째는?"

"북경을 포기하고 여기 창주 평원에서 결판을 내는 것이옵니다."

"두 번째를 택한다면 청군이 어떻게 나올 거 같은가?"

"수성하면서 아군의 전력을 슬슬 갉아먹다가 때가 왔을 때, 일제히 성과 요새에서 뛰쳐나와 협공을 펼칠 거 같사옵니다."

난 고개를 끄덕이며 뭔가를 말하려다가 급히 입을 다물었다.

아진이 뭔가 마음에 안 든다는 표정을 지으며 서 있어서다.

직속상관이 말하고 있는데 저런 표정을 짓긴 쉽지 않지.

확실히 인물은 인물이군.

난 그녀를 지목하며 물었다.

"그대는 최재천 과장과 생각이 다른가?"

"그건 아니옵니다……."

"하지만 뭔가 마음에 걸리는 점이 있는 거 같은데?"

"……."

"허무맹랑한 이야기라도 괜찮다."

"여기가 청군이 선택한 전장이라는 점이 마음에 걸리옵니다."

"정확히 어떤 점이 걸린단 거지?"

"……그건 잘 모르겠사옵니다."

"그래도 그런 생각을 하게 만든 이유는 있을 텐데 그게 뭔가?"

그동안 당당하게 자신의 의견을 밝히던 아진이 고개를 숙였다.

"그게……."

"탓하지 않을 테니 솔직하게 말해 보게."

"감이옵니다……."

"하하, 여자의 육감 같은 걸 말하는 거냐?"

"그렇사옵니다."

"재밌구나, 재밌어."

오늘은 전투가 없을 거 같아 막사에서 휴식했다.

그러다가 피식 웃었다.

그래, 사람은 원래 다 비슷비슷한 생각을 하기 마련이지.

플레이어도 마찬가지고.

스킬과 버프를 쓰고 다른 이들보다 더 많은 정보를 가지고 있긴 하지만 그걸 활용하는 게 기계가 아니라, 인간이니까.

난 이상립을 불러 몇 가지 지시를 내렸다.

다음 날, 다시 평원이 내려다보이는 장소로 이동했다.

저격을 염려한 금군이 강철 방패로 물샐틈없는 호위를 펼쳤다.

망원경을 막 집어 들었을 때.

어제 도착해 휴식을 취한 한족 반란군이 두 갈래로 나뉘어 청군이 지키고 있는 거점 두 군데를 동시에 치고 들어갔다.

다행히 내가 지시한 대로 움직여 주는군.

한족 반란군과 청군은 치열한 전투를 벌였다.

처음에는 한족 반란군이 성 일부를 점령하며 승기를 탄 거처럼 보였지만, 청군 거점 세 군데에서 지원군을 보내는 바람에 공성전이 적과 아군이 뒤섞인 진흙탕 싸움으로 변했다.

그래도 한족 반란군은 물러서지 않고 치열하게 싸웠다.

하지만 북경에서 내려온 청군 별동 부대가 한족 반란군의 진채 후방을 기습하는 바람에 어쩔 수 없이 물러나야 했다.

물론, 한족 반란군은 그래도 병력이 워낙 많아서 청군 별동 부대도 진채를 다 부수지 못하고 얼마 지나지 않아 후퇴했다.

첫날 전투는 그렇게 끝났다.

그날 밤.

난 충무청 대장 조복양에게 몰래 지시했다.

"야전 진지를 1킬로미터 북쪽으로 옮기시오."

본토에서 야간 조명 장비를 가져온 충무청은 내 지시대로 야음을 이용해 야전 진지를 평원 쪽으로 1킬로미터 옮겼다.

다음 날.

충무청이 평원으로 진입한 모습을 청군도 확인했다.

하지만 별다른 반응이 없었다.

난 망원경으로 한족 반란군을 살폈다.

어제처럼 꼭두새벽부터 깃발을 들고 북과 징을 치며 진격했다.

전황도 어제와 비슷하게 흘러갔다.

한족 반란군이 거점 두 곳을 공격하면 청군은 즉시 다른 거점 세 곳에서 지원군을 보내고 별동 부대로 역습을 가했다.

전투가 끝나고 나서.

난 다시 조복양에게 지시했다.

"야전 진지를 1킬로미터 더 북상시키시오."

조복양이 이번엔 바로 지시를 수행하지 않았다.

대신, 전령을 보내 지시에 담겨 있는 위험을 통보했다.

"충무청이 여기서 1킬로미터 더 북상하면 청군에게 포위당할 위험이 있사옵니다. 적에게 포위당하는 일은 두렵지 않으나 혹여 실수라도 하여 대사를 그르치는 것은 두렵사옵니다."

난 전령에게 답을 주어 돌려보냈다.

"조 장군이 걱정하는 바가 무엇인지 과인도 알고 있소. 하지만 다 계산해 보고 하는 지시요. 충무청은 지시를 따르시오."

조복양은 시킨 대로 그날 밤에 다시 야전 진지를 북상시켰다.

야전 진지 위치는 이제 포위망 한가운데였다.

마치 덫이 있음을 알면서도 뛰어드는 부나방 같은 형세였다.

난 다음 날에도 망원경을 들고 전황을 관찰했다.

오늘도 한족 반란군이 먼저 진채를 나와 청군 거점을 쳤다.

이에 청군도 전날처럼 세 거점에서 지원군을 내보냈다.

"어?"

옆에서 망원경으로 살펴보던 최재천이 고개를 돌렸다.

"전하, 청군 지원군의 방향이 아무래도 이상하옵니다."

"어떻게 이상한가?"

"어제처럼 공격당한 청군 거점을 지원하려는 거 같지 않고……."

"충무청을 노리고 있단 건가?"

"그렇사옵니다!"

난 망원경을 청군 지원군 방향으로 돌렸다.

확실히 지원군은 충무청의 야전 진지 쪽으로 몰려가고 있었다.

숫자도 전날보다 훨씬 많았다.

보병, 기병 다 합쳐 8만에 육박했다.

마치 산에서 내려온 황토 빛 물줄기 세 가닥이 평원에서 한데 뭉쳐 충무청 야전 진지로 쏟아져 내려가는 거 같은 형세다.

난 망원경으로 신중하게 물길이 가는 방향을 확인했다.

그때, 물길이 갑자기 한곳에서 홱 꺾이더니 서쪽으로 흘러갔다.

황토 빛 물길이 나와 충무청 사이를 가로막는 형세다.

망원경을 잡고 있던 손에 절로 힘이 들어갔다.

걸렸다!

그 순간, 아무도 없어야 할 고지 뒤에서 청군 보병 수천 명이 나타났다.

그걸 본 이상립이 소리쳤다.

"전하를 벙커로 모셔라!"

"예!"

난 금군에 둘러싸여 막사 옆에 지어 둔 벙커로 피신했다.

충무청 공병대가 콘크리트와 철근으로 지은 벙커다.

폭탄에 직격당해도 안전하다.

이상립과 기송일은 금군을 지휘하러 떠났다.

그리고 우별장 최걸은 내 옆을 한시도 떠나지 않았다.

잠시 후, 솔개포가 포탄을 쏘는 포성이 희미하게 들려왔다.

펑펑펑펑펑!

대충 세어 봐도 수십 발이 넘는 포탄이 날아간 듯했다.

금군은 따로 포병을 운영하지 않았다.

하지만 보병 지원 무기인 솔개는 아주 애용했다.

무게가 가벼워서 금군 특성에 맞기 때문이다.

이번에도 금군은 100문이 넘는 솔개포를 가져와서 사용했다.

솔개포 포성 사이로 진천탄이 터지는 소리가 울렸다.

1형인지, 2형인지는 모르겠지만 한번 폭발할 때마다 산천초목이 부르르 떠는 것 같은 진동이 느껴져 등골이 서늘했다.

난 귀를 기울이고 있다가 최걸에게 물었다.

"이젠 나가서 구경해도 괜찮을 듯싶은데?"

최걸이 바로 한쪽 무릎을 꿇었다.

"그 전에 소장의 수급을 먼저 베어야 할 것이옵니다."

난 두 손을 들어 보였다.

"알겠소. 전투가 끝날 때까지 벙커에 머물도록 하지."

그때였다.

드르륵하며 무언가를 거칠게 긁는 소리가 사방에서 들려왔다.

난 소리의 정체를 깨닫고 몸을 흠칫 떨었다.

기관총인 참수리로군…….

보병 도살자, 혹은 기계톱이라 불리는 기관총의 등장이었다.

전에도 한 번 말한 적이 있은 거 같은데, EHS를 오랫동안 연구해 온 결과 이건 영토 확장 시뮬레이터 게임이 아니었다.

그보단 체스, 장기와 더 비슷하다.

어떻게든 상대의 킹을 잡으면 이기는 게임인 거다.

물론, 영토를 확장하면 킹을 잡을 가능성이 올라가긴 하지만.

아무튼 이 게임이 체스라면 일발 역전도 가능하다.

궁지에 몰려 있더라도 운이 좋으면 킹을 잡을 수가 있으니까.

아마 허서리 송고투도 그런 심정이었을 거다.

조선의 조차지인 동영항을 치면 조선군은 반드시 출병한다.

그리고 그중에는 내가 있으리란 것도 쉽게 예상할 수 있다.

왜국 원정을 빼면 내가 모든 전쟁을 친정했단 전례가 있다.

이제 송고투가 할 일은 조선군을 그가 준비한 전장으로 끌어들여, 아니, 정확히 말하면 나를 끌어들여 제거하는 거겠지.

하지만 송고투는 날 너무 무시했다.

아니, 날 잘 모른단 표현이 더 맞겠지.

난 창주 지도를 보자마자 송고투의 의도를 눈치챘다.

원래 내가 있는 이 고지야말로 조선군을 괴롭힐 수 있는 최적의 장소였는데 송고투는 인위적으로 이곳을 비워 놓았다.

지도를 보기 무섭게 그런 생각이 갑자기 떠오른 걸 보면 세종대왕을 경배하라 스킬 덕분에 책이나 지도 같은 데에 숨겨진 정보를 읽어 내는 능력이 엄청나게 올라간 듯했다.

난 모르는 척 그의 의도대로 고지 정상에 숙영지를 꾸렸다.

전장을 살펴보기에 가장 좋은 곳이어서 일석이조였다.

하지만 송고투도 나름 신중한 면이 있었다.

난 전투가 벌어진 첫날에 야습해 올 줄 알았다.

근데 그러지 않았다.

아직 어수선한 첫날이야말로 가장 완벽한 야습 기회인데 공격해 오지 않는다는 건 송고투가 뭔가를 기다린단 증거였다.

그게 뭘지 밤을 새워 고민한 결과.

그가 나를 충무청과 떨어트려 놓으려 한단 사실을 알아냈다.

나와 충무청의 거리가 너무 가까우면 언제든 지원군이 올 수 있으니까 좀 더 완벽한 기회를 잡기 위해 기다리는 거다.

흠, 그렇단 말이지.

난 여기서 송고투와 오래 실랑이할 생각이 없었다.

바로 충무청을 올려 보내 나와 충무청의 거리를 일부러 벌렸다.

그런데도 송고투는 그날 밤에 공격해 오지 않았다.

그가 좀 더 완벽한 기회를 기다린단 뜻이다.

너무 신중한데.

이번 공격에 정말 사활을 걸은 건가?

난 하는 수 없이 충무청을 좀 더 올려 보냈다.

이젠 충무청과 나와의 거리가 반나절 이상이었다.

직선거리로는 가깝다.

하지만 여기가 고지란 점을 이해해야 한다.

좁은 산길로 대군이 올라오려면 시간이 아주 많이 걸릴 테니까.

그리고 이런 내 작전은 적중했다.

나와 충무청 사이의 거리가 확실하게 벌어진 것을 본 송고투는 청군 지원군에게 충무청을 막게 하고 나를 기습했다.

난 바로 철옹성 스킬을 발동하고 벙커로 들어가 피했다.

이젠 스팀팩을 맞은 금군이 적을 막기만 하면 된다.

◆ ◈ ◆

총성이 거의 사라졌을 즈음.

최걸에게 허락받고 벙커를 나온 난 눈살을 찌푸렸다.

벙커와 불과 100미터 떨어진 풀숲에도 적의 시체가 있었다.

청군의 돌격이 제법 매서웠단 뜻이다.

실제로 대부분은 청군의 시체였지만 금군 전사자도 많았다.

그리고 치료받는 부상자 수는 더 많았고.

난 최걸과 함께 전투가 집중적으로 벌어진 전선으로 걸어갔다.

전선의 모습은 끔찍하기 이를 데 없었다.

솔개포, 참수리에 당한 청군 시체 수천 구가 널려 있었다.

심지어 진천탄에 당해 형태를 알아볼 수 없는 시체도 많았다.

끔찍하고 처참하고 씁쓸한 광경이었다.

아마 현대인이라면 이런 모습을 보고 이렇게 외쳤을지 모른다.

'역시 전쟁은 끔찍하니까 가능한 한 일어나지 않는 게 좋아!'

하지만 나는 그런 감상이 들지 않았다.

내가 사이코패스여서는 아니다.

그보단 한가한 생각을 하고 있을 시간이 없어서다.

곧 이상립이 달려와 보고했다.

"이번 기습을 지휘한 청군 수뇌부가 청군 거점으로 달아나는 모습을 목격한 기송일 좌별장이 금군 정예병을 이끌고 쫓아갔사옵니다. 아마 반나절이면 결과가 나올 것이옵니다."

난 고개를 끄덕이고 나서 전황을 물었다.

이상립에 따르면 청군은 총 세 차례 걸쳐 돌격해 왔다.

첫 번째 돌격은 송골매와 진천탄에 막혀 실패했다.

그리고 두 번째는 참수리의 교차 사격에 제대로 막혔다.

참수리가 워낙 강력하여 청군은 그때 엄청난 손해를 보았다.

마지막 돌격은 꽤 위험해서 벙커 100미터까지 접근을 허용했는데 얼마 전에 편성한 저격 부대 활약 덕에 적을 막아 냈다.

"저격 부대라면 검독수리로 무장한 부대 말이오?"

"그렇사옵니다."

그러면서 뒤에 있는 홍귀남을 힐끗 본 이상립이 말을 이었다.

"홍 선전관이 사격 훈련에서 검독수리로 수백 미터 밖의 표적을 정확히 저격하는 모습을 보고 금군도 사격 솜씨가 뛰어난 사수들을 모아 저격 부대를 창설했사옵니다. 한데 그들이 주로 군의 장수와 같은 고급 지휘관을 골라 저격해 준 덕분에 지휘관을 잃어버린 적이 당황하다가 자멸했사옵니다."

"전훈으로 삼을 만한 위력이군. 금군은 이번 교전의 내용을 상세히 작성하여 훈련도감과 충무청에 전달하도록 하시오."

"예, 전하."

난 시체를 밟지 않으려고 노력하며 옆으로 좀 더 이동했다.

그곳엔 철조망과 참수리가 있었다.

철조망 주위에는 방패와 절단기를 든 청군 시체가 즐비했다.

청군도 이젠 조선군이 철조망을 즐겨 쓴단 사실을 알고 있었다.

그래서 그들도 철조망을 개발해 전선에 투입했다.

또한, 철조망을 무력화할 기술도 개발했다.

첫 번쨘 포탄으로 철조망 자체를 날려 버리는 기술이다.

두 번째는 방패와 절단기였다.

방패로 공격을 막으면서 절단기로 철조망을 절단하는 거다.

고지인 탓에 포탄을 사용하기 어려웠던 청군은 방패와 절단기를 동원해 철조망 지대를 뚫고 안으로 들어오려 하였다.

실제로 몇 군데서는 효과를 보았다.

하지만 마지막에 가서 저격 부대에 당해 실패했다.

난 참수리 하나를 가져와 자세히 살펴보았다.

공랭식에 형태는 MG42와 닮았다.

난 이상립에게 물었다.

"참수리는 위력이 어땠소?"

"몇 가지 문제가 있긴 했지만, 위력 자체는 준수했사옵니다."

"무슨 문제였소?"

"총열이 달아올라 자주 고장이 났사옵니다. 그리고 급탄에도 문제가 있어 100발 정도 쏘고 나면 정비가 필수였사옵니다."

"훈련 때 발생한 문제들이 실전에서도 그대로 드러난 셈이군."

"그렇사옵니다."

"그 내용도 상세히 적어 서유럽회사 화기 연구소로 보내시오. 당장 문제를 해결하진 못하겠지만 그래도 좀 나아지겠지."

"예, 전하."

전선을 시찰하고 나서 평원이 보이는 장소로 이동했다.

충무청과 청군의 전투는 새로운 국면을 맞고 있었다.

한족 반란군이 갑자기 방향을 바꿔 청군의 후위를 친 거다.

앞뒤에서 협공당해 엄청난 손해를 입은 청군은 무수한 시신을 창주 평원에 남겨 둔 채로 서둘러 북경 쪽으로 달아났다.

물론, 달아나는 일도 쉽지 않았다.

사기가 하늘을 찌르던 한족 반란군이 30킬로미터가 넘는 거리를 악착같이 쫓아가며 청군에게 궤멸적인 손해를 입혔다.

반면, 충무청은 패주하는 청군을 쫓아가지 않았다.

대신, 거의 비어 있는 거점을 손쉽게 점령해 창주를 손에 넣었다.

난 왕두석에게 물었다.

"기송일 좌별장은 아직이냐?"

"알아보고 오겠사옵니다."

잠시 후, 왕두석이 돌아와 머리를 숙였다.

"황송하오나 아직 돌아오지 않았다고 하옵니다."

"찾으러 갈 사람을 보냈다고 하더냐?"

"예, 최걸 우별장이 금군 천여 명을 데리고 나갔다고 하옵니다."

"알았다."

난 잠시 불안감을 느꼈다.

설마 송고투를 추적하다가 당한 건가?

송고투가 버프나 스킬을 쓰면 기송일로선 방법이 없을 텐데.

젠장, 기송일이 쫓아갔다고 했을 때 빨리 말릴걸.

막 그런 후회를 하는 중에 조복양이 들어왔다.

"전하, 창주 거점 다섯 개를 전부 손에 넣었사옵니다."

"고생 많았소."

"오면서 청군이 전하의 어가를 기습했단 말을 들었사옵니다."

"그랬지."

"소장이 미리 막았어야 하는 일인데 그저 황송할 따름이옵니다."

"아니오."

난 고개를 젓고 말을 이어 갔다.

"어차피 저쪽에서 어가를 기습해 주길 원해 충무청의 진지를 위로 옮긴 거요. 그러니 조 장군이 송구해할 이유가 없소."

"성은이 망극하옵니다."

"피해는 어느 정도요?"

"아직 집계 중이온데……, 그렇게 크진 않사옵니다."

"다행이군."

"청군도 탈출할 땐 이판사판이었는지 한족 반란군의 피해가 컸다고 하옵니다. 거의 3만 명 넘게 상했다고 들었사옵니다."

"한족은 그들이 바라 마지않던 일을 한 셈이오. 만주족을 중원에서 몰아내고 싶어 한 건 우리가 아니라 한족이었으니까."

"옳은 말씀이시옵니다."

조복양이 물러가고 나서.

기송일을 좀 더 기다려 봐야 하나 고민하고 있을 때.

이상립이 급히 들어와 보고했다.

"기송일 장군이 돌아왔사옵니다!"

"오, 무사하던가?"

"좀 다치긴 했지만, 생명에 지장은 없는 듯하옵니다."

"다행이군."

"한데……."

"무슨 일이기에 이 장군답지 않게 망설이는 거요?"

"기송일 장군이 고지로 복귀하면서……, 자신을 허서리 송고투라고 계속 주장하는 청군 잡병 하나를 붙잡아 왔사옵니다."

"확인해 보았나?"

"포로로 잡은 청군 몇과 대질했더니 맞는 거 같다고 하옵니다."

"기송일 장군이 월척을 잡아 왔군."

"그 송고투가 전하를 알현하게 해 달라고 하는데……, 어찌하시겠사옵니까? 허락하시겠사옵니까? 아니면 금군이 처리를……."

난 잠시 고민하고 나서 대답했다.

"그를 묶어 벙커로 데려오시오."

"예, 전하."

난 먼저 벙커에 들어가서 스킬부터 발동했다.

플레이어를 만나려면 귀찮은 점이 많았다.

그들이 어떤 스킬과 버프를 보유했는지 몰라서다.

난 단단히 준비하고 나서 왕두석에게 지시했다.

"너도 다른 선전관들과 함께 나가 있거라."

"전하!"

"묶여 있는 놈이 나에게 무슨 짓을 할 수 있겠느냐? 걱정하지 말고 귀남이와 쌍둥이를 데리고 막사 밖으로 나가 있거라."

잠시 고민하던 왕두석이 말했다.

"놈이 조금이라도 이상한 낌새를 보이면 바로 소리치시옵소서."

"그러마."

잠시 후, 이상립이 직접 청군 잡병 차림을 한 사내를 데리고 들어왔다.

확실히 금군이 헷갈릴 만한 차림새였다.

얼굴은 진흙과 검댕을 발라 더러웠고 옷은 다 해져 있었다.

심지어 변발도 하지 않아 머리가 봉두난발이었다.

저런 송고투를 알아본 자들의 눈썰미가 오히려 더 대단했다.

이상립을 돌려보내고 나서.

난 그에게 중국어로 물었다.

"부하와 옷을 바꿔 입고 도망치려 한 건가?"

내 유창한 중국어 실력에 송고투가 움찔하며 대답했다.

"단번에 사정을 파악하는군. 역시 듣던 대로 머리가 비상해."

"칭찬으로 듣지. 근데 날 보자고 한 이유는 뭐야?"

송고투의 눈동자가 교활한 빛을 내며 빠르게 움직였다.

난 혀를 찼다.

"내 손에 죽은 플레이어가 몇 명인 줄 아나?"

송고투가 긴장한 표정으로 침을 꿀꺽 삼켰다.

"아마……, 많겠지."

"그런 내가 아무 준비도 없이 플레이어를 만났을 거 같은가?"

송고투가 입술을 씹으며 고민하다가 결국 한숨을 크게 쉬었다.

"그렇게 나오니까 나도 할 말이 없어지는군."

"근데 넌 내가 스킬을 걸 거란 생각은 전혀 안 한 모양이군."

"뭐?"

난 피식 웃고 최면 스킬을 사용했다.

그 즉시, 송고투의 눈빛이 멍해졌다.

시간제한이 있는 스킬이어서 재빨리 궁금한 것들을 물었다.

하지만 난 이내 씁쓸한 미소를 지을 수밖에 없었다.

송고투는 아는 정보가 거의 없었다.

그나마 의미가 있다 하더라도 내겐 거의 쓸모없는 것들뿐
이고.

뭐 어쩔 수 없는 일이려나.

다만, 한 가지 정보는 쓸 만했다.

바로 북경 중남해 깊은 곳에 금나라, 원나라, 그리고 명나
라가 수백 년 동안 모은 온갖 보물이 숨겨져 있단 정보였다.

송고투가 보물의 존재를 알게 된 건 그의 아버지 허서리 소
닌이 홍타이지의 명으로 그 보물 창고를 폐쇄했기 때문이다.

홍타이지는 훗날 청 황실이 위험에 처했을 때 자기 후손들
이 그 보물을 이용해서 재기하길 원해 폐쇄하라 명한 듯했다.

그리고 그 보물이 바로 송고투가 본거지인 사천을 오응웅
에게 내주면서까지 굳이 북경 쪽으로 진격한 이유이기도 했
다.

그 보물만 얻으면 EHS의 최후 승자가 될 거라 믿은 모양
이다.

뭐 결국엔 나만 좋은 일이 되었지만.

난 정신이 반쯤 나간 송고투를 보며 고개를 저었다.

날 노린단 작전은 꽤 날카로웠다.

하지만 금군의 전력을 제대로 파악하지 못한 것이 패착이
었다.

플레이어가 다 천재적인 능력이 있는 건 아닐 테니까.

나도 아마 세종대왕을 경배하라와 같은 스킬이 초반부터
주어지지 않았으면 이자와 비슷한 행보를 걸었을지 모른다.

난 이상립에게 송고투를 데려가 처형하라 하였다.

잠시 후, 킬 메시지가 뜨는 걸 보며 눈을 감았다.

이 짓을 얼마나 더 해야 끝이 나는 걸까.

아니, 끝이 있긴 한 건가?

아무튼 지금은 하는 데까지 해 보는 수밖에 없겠군.

송고투가 남긴 수명과 스킬을 훑어보고 기송일을 문병했다.

한쪽 다리를 다쳐 누워 있던 기송일은 내가 문병하러 왔단 소리에 눈물까지 글썽거리며 억지로 일어나 군례를 취했다.

아무튼 대단한 정신력이 아닐 수 없었다.

난 그를 억지로 병상에 눕히고 나서 물었다.

"어쩌다가 다쳤소?"

기송일의 대답은 내 예상과 크게 다르지 않았다.

송고투는 그를 붙잡으려 드는 기송일을 한 손으로 뿌리쳤다.

233

근데 힘에선 조선 최고라 자부하던 기송일이 송고투의 힘을 이기지 못하고 10여 미터나 뒤로 날아가 처박혔다고 한다.

그때, 잘못 떨어져 다리를 다친 거다.

송고투가 스킬을 썼나 보군.

난 기송일을 위로하고 나서 야전 병원을 나와 의원에게 물었다.

"상태가 어떤가?"

"발목이 크게 돌아간 거 같사옵니다."

"회복할 수 있겠나?"

"부목을 대고 몇 달 요양하면서 상태를 봐야 할 거 같사옵니다."

"알겠네."

내친김에 금군 부상자를 위문하고 나서 이상립에게 지시했다.

"전사자는 예를 갖춰 수습하고 부상자는 수레에 실어 동영항으로 후송하시오. 동영항에 부상자를 치료하기 위해 만든 병원선이 와 있으니까 여기보다는 치료하기가 수월할 거요."

"예, 전하."

이상립이 숙영지를 정리하는 동안.

난 쌍둥이와 아진을 불렀다.

"너희 세 명은 지금 즉시 훈련도감 도원수 이완 대감에게 가서 과인의 지시를 전해라. 반드시 한족 반란군이 북경에 난

입해 약탈을 저지르기 전에 과인의 지시를 전해야 한다."

쌍둥이와 아진은 긴장한 표정으로 머리를 조아렸다.

내 말투에서 절대 실패해선 안 된단 뉘앙스를 읽은 모양이다.

세 명은 바로 빠른 말을 몇 필 골라서 숙영지를 떠났다.

다음 날, 이상립이 돌아와 보고했다.

"숙영지 철수 준비가 모두 끝났사옵니다."

"그러면 우리도 충무청을 앞세워 북경으로 갑시다."

"예, 전하."

어가는 바로 충무청과 합류해 북상했다.

북경으로 가는 동안, 전투가 몇 차례 있었다.

전투라기보단 전투가 벌어지는 장소를 지나쳤단 말이 맞았다.

한족 반란군이 미처 달아나지 못한 청군을 에워싸고 맹공을 가했는데 항복해도 죽였기 때문에 청군도 결사적으로 나왔다.

그 바람에 한족 반란군의 피해도 눈덩이처럼 불어났다.

난 혀를 끌끌 찼다.

쥐도 구석에 몰리면 고양이를 무는 법이거늘.

저래서야 쓸데없이 전력만 낭비하는 꼴이 아닌가.

더구나 포로도 잘만 활용하면 훌륭한 자원이 되는데.

난 소탕 작전에 관여하지 않고 계속 북상했다.

얼마 후.

길목을 막고 기다리던 훈련도감이 산서로 달아나던 청군 잔당 수만 명과 맞서 싸워 대승을 거두었단 소식이 들어왔다.

난 소식을 가져온 안교안에게 물었다.

"한족 반란군은 어찌하고 있나?"

"처음에는 그들도 산서로 달아나는 청군 뒤를 쫓았사옵니다."

"그러면 나중에는 아니었단 거군."

"그렇사옵니다. 북경 앞에서 잠시 머뭇거리더니 석가군, 산동군, 누가 먼저랄 거 없이 북경성을 공성하기 시작했사옵니다."

"북경성에 있는 청군은 어떻게 나왔나?"

"처음에는 몇 번 방어에 성공했사옵니다. 하지만 북경성 내부에 거주하던 한족이 한족 반란군과 내응해 성안에서 대거 봉기하는 바람에 자금성 방향으로 달아났다고 들었사옵니다."

난 고개를 끄덕였다.

어차피 이렇게 될 거라 예상했기 때문이다.

한족 반란군이 청나라 영토에서 반란을 처음 일으킬 때 내세운 명분은 만주족을 한족의 땅에서 몰아내야 한단 거였다.

하지만 역시 그들도 재물 앞에선 사족을 못 썼다.

북경성을 먼저 치는 근거는 있었다.

명나라 황실은 북경성을 빼앗길 때, 제대로 도망치지도 못했다.

이자성의 농민 반란군이 북경을 처음 점령할 당시 명나라 황제이던 숭정제마저 도망칠 틈이 없어 자결해야 했다.

근데 북경을 장악한 이자성도 곧 오삼계를 앞세워 쳐들어온 청군을 막지 못해 북경성을 다시 청나라에 넘겨줘야 했다.

즉, 북경을 수도로 삼은 금, 원, 그리고 명나라가 수백 년 동안 축적해 온 엄청난 재물이 북경성 안에 고스란히 남아 있을 가능성이 아주 커서 한족 반란군도 만주족을 없애 후환을 제거하기보단 북경성을 쳐 재물을 손에 넣으려 한 거다.

난 가장 중요한 질문을 던졌다.

"훈련도감도 북경성으로 들어갔나?"

"예, 전하. 훈련도감 총융청 병력이 한족 반란군과 뒤섞여 북경성 안으로 들어갔단 보고를 받사옵니다. 그리고 총융청 병력 일부는 전하께서 일전에 말씀하신 중남해를 가장 먼저 포위해 한족 반란군의 접근을 차단하고 있사옵니다."

난 기분이 좋아져서 안교안에게 물었다.

"총융청이 중남해를 차지했단 말이지?"

안교안도 내가 기분이 좋은 걸 알고 웃으면서 대답했다.

"예, 전하. 총융청 천총 김운청이 1사 병력 5,000을 데리고 들어가 중남해 전체를 물샐틈없이 포위했다고 하옵니다."

"하하하, 그 김운청이란 말이지?"

"그렇사옵니다."

"김운청이면 보물 사냥꾼으로 유명한 자가 아니던가?"

"소관도 그런 소문을 들은 적이 있사옵니다."

"하하하, 이완 대감이 아주 센스가 넘치는구만."

안교안이 내 말을 이해하지 못해 어리둥절해할 때.

왕두석이 얼른 그의 귀에 대고 속삭였다.

"이완 대감이 아주 재치 있게 행동했단 뜻입니다."

그제야 이해했다는 듯 안교안이 얼른 대답했다.

"예, 정말 센스가 넘쳤사옵니다."

"하하하, 자네도 센스가 넘치는군."

"그, 그렇사옵니까?"

"그래도 내 눈으로 직접 봐야 안심이 될 거 같군. 왕 선전관
은 조복양 장군에게 가서 행군 속도를 좀 더 높이라고 해라."

"예, 전하."

난 이어 안교안에게도 지시했다.

"훈련도감에 북경성 주변을 포위하란 명을 전해라. 재물에
눈이 멀어 보따리를 내놓으라고 할지도 모르니까."

"바로 출발하겠사옵니다."

안교안은 용호군 요원 수십 명과 함께 급히 북쪽으로 떠났
다.

내가 북경성에 도착했을 땐 이미 자금성에서 불길이 치솟
았다.

한족 반란군이 자금성을 점거한 거다.

중남해가 자금성 서쪽에 있어 약탈당하는 자금성 내부를
볼 수 있었는데, 한마디로 목불인견의 참상이 벌어지고 있었
다.

한족 반란군은 만주족뿐만 아니라 황궁에서 일하던 같은 한족 사내도 붙잡아 목을 베거나 가슴을 잘라 내장을 꺼냈다.

사내들은 그나마 빨리 죽을 수 있어 다행이었다.

여자들은 만주족, 한족 가릴 거 없이 죄다 강간당했다.

심지어 나이를 가리지도 않았다.

한바탕 분풀이하고 나선 본격적으로 약탈이 자행되었다.

돈이 좀 될 만한 건 가리지 않고 뭐든지 약탈했는데 심지어 기둥에 박아 넣은 금가루나 계단 장식한 석상마저 떼어 갔다.

난 고개를 젓고는 중남해로 들어갔다.

중남해는 쉽게 말해 역대 중국 황실의 정원이었다.

송나라를 남쪽으로 쫓아낸 금나라가 북경을 새 수도로 정하면서 경치가 빼어난 중남해 일대에 궁궐과 별장을 지었다.

그리고 금나라를 멸망시킨 원나라에 이어 명나라마저 중남해를 황실 정원으로 삼으면서 신선이 살 법한 별천지로 변했다.

북경의 새 주인인 청나라 황실도 마찬가지였다.

그런 중남해는 20세기에 전혀 다른 이유로 유명해졌다.

주석의 관저를 포함한 공산당 주요 관청이 죄다 이 중남해에 들어선 탓에 세계에서 가장 비밀스러운 공간으로 변했다.

중남해는 확실히 둘러볼 만한 가치가 있었다.

네 왕조가 정원으로 삼았던 곳인 만큼, 호수와 그 호수를 둘러싼 다양한 전각이 경쟁하듯 저마다 동양적인 미를 뽐냈다.

물론, 난 경치에는 별 관심 없었다.

내 눈엔 내가 직접 꾸민 창덕궁이 더 나았으니까.

곧 총융청 장교 하나가 달려와 머리를 조아렸다.

"총융청 1사를 지휘하는 김운청이옵니다!"

"하하, 역시 이런 일에는 자네만 한 사람이 없지."

"황송하옵니다."

"그래, 찾아냈나?"

"전하께서 정확한 위치를 알려 주신 덕에 쉽게 찾아냈사옵니다."

"어서 안내하게."

"이쪽으로 오시옵소서."

난 김운청을 따라 중남해 안으로 깊숙이 들어갔다.

김운청은 곧 거대한 호수 앞에서 걸음을 멈추었다.

호수에는 가운데 인공적으로 만든 섬이 하나 있을 뿐이어서 다른 곳과 비교하면 경치가 그렇게까지 뛰어나진 않았다.

김운청이 호수의 물을 가두는 데 쓴 제방 밑으로 안내했다.

"이곳이 홍타이지가 허서리 소닌을 시켜 폐쇄한 통로이옵니다."

"오, 통로가 호수 밑으로 이어져 있는 건가?"

"그렇사옵니다."

제방 밑에는 벽돌처럼 생긴 바위들이 널려 있었다.

총융청이 통로를 개방하기 위해 작업한 흔적인 듯했다.

난 통로 안으로 머리를 집어넣어 보았다.

아치 형태의 통로 곳곳에 등유 횃불이 걸려 있었다.

물비린내가 심하게 난다는 거 외에는 그다지 특이한 점이 없어 난 김운청을 따라 호수 중앙으로 뻗은 통로를 걸어갔다.

그렇게 한참을 걸었을 때.

용과 봉황을 조각한 거대한 황금 문이 양쪽으로 열려 있었다.

"저 문도 보물 같으니까 철수할 때 떼어 가게."

김운청이 바로 대답했다.

"부하들에게 지시해 두겠사옵니다."

난 문을 통해 보관실 안으로 들어갔다.

의외로 호수 밑인데도 습기는 그렇게 많지 않았다.

김운청이 옆에서 설명했다.

"천장에 구멍이 뚫려 있어서 습기가 빠져나가는 것 같사옵니다."

"그러면 여기는 호수에 있던 섬 밑에 있는 공간인가?"

"그렇사옵니다."

"듣던 거보다 더 대단한 규모군."

보관실은 원통형이었는데 중간에 천장까지 닿는 계단이 따로 있을 만큼 그 규모가 방대해 잠시 압도당하는 기분을 느꼈다.

잠시 후.

난 본격적으로 보관실 탐방에 나섰다.

금, 은, 옥, 진주 같은 보석에서부터 에메랄드, 사파이어, 루비, 다이아몬드와 같은 희귀한 보석까지 궤짝째로 쌓여 있었다.

난 영롱한 빛을 반짝이는 붉은 다이아몬드를 보며 생각했다.

몽골 제국이 약탈한 보물 중 일부인가?

몽골은 한때 유럽과 중동까지 제국을 확장했었다.

그때의 유산이 남아 있다고 해도 크게 놀랍진 않았다.

보석 다음으로 많은 건 역시 예술 작품이었다.

그림과 도자기, 금속 조각품 같은 보물이 산처럼 쌓여 있었다.

심지어 실제 전차 크기의 황금 조각품도 있었다.

난 햇빛이 들어오는 보관실 중앙에 서서 주변을 둘러보았다.

이걸 다 가져가는 것도 일이겠어.

그래도 뭐 하나를 빼놓고 가기엔 너무 아까웠다.

"지금 즉시 훈련도감에 연락해서 여기 있는 보물을 하나도 빼놓지 말고 전부 옮기라고 하게. 이 정도 보물이면 이번에 사용한 전쟁 비용을 충당하고도 꽤 많이 남을 거 같으니까."

"예, 전하."

김운청은 바로 부하들에게 지시를 내렸다.

곧 수천 명이 넘는 병사들이 들어와 보물을 조심스레 옮겼다.

춘추 전국 시대에 만든 희귀한 조각품 같은 경우는 운송 중에 부서질 위험이 있어 마치 아기를 다루듯 조심해서 옮겼다.

난 보물 운송 작업을 지켜보다가 슬며시 걸음을 뗐다.

내가 계속 있어 봐야 가로거치기만 할 뿐이니까.

그래서 통로로 들어서기 위해 걸음을 내딛는 순간.

현판에 EHS의 도형 글자가 적혀 있는 것을 발견했다.

「우물 밖으로 나가라.」

난 흠칫 놀라 급히 주변을 둘러보았다.

다행히 나 외에 다른 이들은 도형 글자가 보이지 않는 듯했다.

그 순간, 난 마르지 않는 샘을 얻었을 때의 상황이 떠올랐다.

그땐 우물 밖에 이렇게 적혀 있었다.

「우물 안으로 들어가라.」

그런데 지금은 우물 밖으로 나가라고 한다.

즉, 그렇단 말은 내가 있는 이곳이 우물이란 뜻이겠지.

난 두근거리는 가슴을 진정시키며 벽을 만져 보았다.

사람이 손을 댄 흔적이 있긴 하지만 벽돌로 만든 건 아니었다.

그보단 천연 동굴을 깎아 보관고로 만든 거에 가깝다.

아무리 중국에 사람이 넘쳐서 인해전술을 잘 쓴다고 해도 인력만으로 이렇게 거대한 지하 공간을 뚫긴 힘들었을 거다.

아마 중남해에서 수직으로 뚫린 거대한 동굴을 처음 발견한 금나라 황실의 누군가가 보물을 숨겨 두면 좋겠단 생각에 이 주위에 호수를 파고 그 위를 가짜 섬으로 위장한 듯했다.

즉, 누군가가 이곳을 보관고로 만들기 전까지는 이곳이 동굴, 즉 물을 가두어 두는 우물이었을 가능성이 아주 큰 거다.

아무튼 우물 밖으로 나가라고 했지?

그렇다면 보관고 천장을 통해 밖으로 나가라는 걸까?

난 보관고에 나선 형태로 만든 계단을 밟고 위로 올라갔다.

직감적으로 내가 지금 어떤 터닝 포인트에 있단 느낌이 들었다.

난 계단을 따라 올라가며 천장을 보았다.

천장은 대들보 같은 나무를 지붕처럼 엮어 만들었다.

김운청 말대로 천장 사이에 환풍구를 닮은 틈이 있었다.

그 사이를 빛과 선선한 바람이 오가며 내부 공기를 순환했다.

근데 비나 눈이 올 땐 어떻게 하지?

저 틈으로 비가 쏟아지면 보물이 다 상할 텐데.

그런 생각을 하며 계단을 조심스레 올랐을 때.

위로 뚫려 있는 문이 하나 나타났다.

다행히 인공 섬을 조사하던 총융청 병사들이 문을 열어 놓은 덕분에 고생하지 않고 뚫려 있는 문을 통해 바로 올라갔다.

섬에 발을 딛고서야 천장 사이에 구멍을 뚫은 이유를 알았다.

섬은 섬이라기보단 우물 입구와 더 비슷했다.

그 위에 우물을 보호하는 우산 모양의 덮개가 있었다.

물론, 덮개는 크기가 엄청났다.

창덕궁 인정전의 전각 지붕을 옮겨다 놓은 크기였다.

비나 눈이 몰아쳐도 덮개가 있어 대부분은 막아 줄 수 있었다.

흠, 멀리서 볼 때는 그냥 인공 섬에 인공으로 만든 산이 있는 줄 알았는데 이렇게 보니 우물이란 말이 실감이 나는구나.

우물 입구 옆에는 다 쓰러져 가는 헛간이 있었다.

헛간도 문이 열려 있었는데 안에 나룻배가 하나 들어 있었다.

아마 섬에서 중남해로 가는 데 사용하는 배인 듯했다.

난 헛간 앞에 서서 뒷짐을 쥐고 위를 올려다보았다.

헛간 문 위에.

「안으로 들어가서 나룻배에 올라타 노를 저어라.」

라고 도형 문자로 적혀 있었다.

흠, 이번엔 나룻배라고?

난 뒤를 힐끔 보았다.

왕두석이 하품하며 턱수염을 긁고 있었다.

"두석아."

"예, 옙."

"헛간 문 위에 뭐가 묻어 있는 거 같은데……, 가서 좀 닦아 봐라."

"헛간 문 위에 있는 얼룩 말씀이시옵니까?"

"그래."

"얼룩 하나 닦는다고 깨끗해지겠사옵니까?"

"얼룩을 닦을래? 아니면 여기서 육지까지 헤엄쳐서 건너갈래?"

"소관이 또 청소에 일가견이 있는 걸 어찌 아시고, 허허. 소관이 집에서도 청소를 얼마나 잘하는지 글쎄 마루에 파리 새끼가 앉았다가 미끄러져 다리가 부러진 적도 있사옵니다."

그러면서 철릭 소매로 헛간 문 위를 열심히 닦았다.

침을 묻혀 가며 닦는 폼이 죽어도 헤엄은 못 치겠는 모양이다.

헛간 문 위가 반들반들해졌을 때.

왕두석이 이마에 맺힌 땀을 닦으며 돌아섰다.

"이 정도면 되옵니까?"

"흐음, 그래 됐다."

왕두석이 안도의 숨을 내쉬며 원래 자리로 돌아갔다.

난 그때 확신했다.

역시 EHS 도형 문자는 나에게만 보인다.

아니, EHS 플레이어에게만 보이는 거겠지.

왕두석이 도형 문자를 읽진 못하더라도 헛간 문 위에 수상한 도형 같은 것이 있었으면 분명 뭐냐고 물어봤을 테니까.

난 고개를 돌려 이상립을 불렀다.

이상립은 뒤에서 금군 위치를 조정하고 있었다.

그는 요즘 부쩍 원거리 저격에 신경 쓰는 눈치였다.

홍귀남이 500미터 넘는 거리에서 표적을 맞히는 모습을 보고 놀라, 대(對) 저격수 부대를 따로 키우고 있을 정도였다.

홍귀남은 분명 불세출의 저격수였다.

하지만 세상은 넓고 인재는 많다.

만약 이 세상 어딘가에 홍귀남 정도의 실력을 보유한 저격수가 또 있다면, 난 사형대에 서 있는 신세나 마찬가지였다.

이상립도 이를 알고 방패와 강철 우산과 같은 각종 방호 장비를 개발해 도입하고 경호 지역을 1킬로미터까지 넓혔다.

이상립이 얼른 달려와 물었다.

"명하실 일이 있으시옵니까?"

"과인이 이 헛간에 들어가서 잠시 할 일이 있소. 그동안, 금군은 잡인이 이 헛간에 접근하지 못하게 단단히 방비하시오."

"알겠사옵니다. 하지만……."

"하지만 뭐요?"

"금군이 먼저 헛간 안을 조사할 수 있게 해 주시옵소서."

"그러시오."

이상립은 곧 헛간 안으로 금군을 집어넣어 조사했다.

금군은 나룻배를 만져 보고 노도 살펴보았다.

또, 한 명은 나룻배 안으로 직접 들어가 조사하기도 하였다.

하지만 그들에겐 아무 일도 일어나지 않았다.

도형 문자가 내 눈에만 보이는 거처럼 플레이어가 아닌 사람은 나룻배에 올라타 노를 저어도 아무 일도 일어나지 않았다.

금군이 헛간 조사를 마치고 나왔을 때.

난 금군과 선전관을 뒤로 물리고 나서 혼자 들어갔다.

내친김에 헛간 문까지 닫고 심호흡을 크게 하였다.

전의 경험을 비춰 보면 위험한 일은 없을 듯했다.

곧바로 나룻배 위로 성큼 올라갔다.

배가 좌우로 기우뚱거리다가 이내 균형을 잡았다.

나는 배에 있던 노를 들고 일어나서 젓는 시늉을 하였다.

그 순간, 나룻배 바닥에서 도형 문자 수백 개가 무지개처럼 솟구쳤다.

깜짝 놀라 눈을 감았다가 뜨는 순간.

헛간 안이 어느새 우윳빛 바다로 변해 있었다.

변한 것은 그뿐만이 아니었다.

내가 타고 있던 나룻배에는 도형 문자가 흘러 다녔다.

뭐지?

난 우윳빛 바다에 손을 넣어 만져 보았다.

진짜 우유처럼 뭉클거렸다.

촉감까지 재현하다니 정말 신기하네.

막 그런 생각을 하는 중인데 배가 갑자기 공중으로 떠올랐
다.

뭐, 뭐야?

난 나룻배 난간을 붙잡고 배가 가는 방향을 확인했다.

얼마 떨어지지 않은 곳에 도형 문자에 뒤덮인 석대가 있었
다.

배는 잠시 후 그 석대 앞에 멈춰 섰다.

난 마르지 않는 샘을 처음 얻었을 때의 기억을 떠올리며 석
대 위로 올라가서 끝에 있는 책상으로 뚜벅뚜벅 걸어갔다.

책상 위에는 전처럼 손바닥을 조각한 홈이 파여 있었다.

이것도 전과 똑같군.

그렇다면 그 밑에 글자가 적혀 있겠지.

어디 보자.

「손바닥을 홈에 올려 퀘스트를 완료하라.」

역시.

난 주저하지 않고 손바닥을 홈에 올려놓았다.

그 순간, 영화 매트릭스처럼 도형 문자가 길게 늘어지다가
쾅 터졌다.

히든 퀘스트 6

탐험가의 자격!

-유저는 세상을 돌아다니며 충분한 견문을 쌓았습니다. 이 제 더는 우물 안 개구리가 아니라, 어엿한 탐험가인 셈입니다.

클리어 유무: 클리어

보상: 액티브 스킬「운명을 거스르는 샘」획득

운명을 거스르는 샘?

마르지 않는 샘의 형제 같은 건가?

일단 뭔지 확인부터 해야겠군.

운명을 거스르는 샘 (SSS)

유저는 마르지 않는 샘을 통해 얻은 수명으로 일반 플레이 어는 볼 수 없는 상점의 히든 스킬을 구매할 수 있습니다.

상점의 히든 스킬?

이건 또 뭐지?

난 재빨리 스킬 상점을 열었다.

그 순간, 스킬 상점에 변화가 생겼음을 직감했다.

전에는 스킬 상점 아래쪽이 흐릿하게 처리되어 있었다.

근데 운명을 거스르는 샘 덕에 스킬 이름과 가격이 드러났다.

난 어이가 없어 헛웃음을 지었다.

새로운 스킬이 들어온 건 좋았다.

근데 가격이 예상을 뛰어넘어도 너무 뛰어넘었다.

싼 건 수백만 단위였다.

그리고 비싼 건 아예 천만 단위에 가까웠다.

내가 아무리 수명 부자라고 하지만 이러면 그림의 떡이었다.

아, 물론 쌓아 둔 추첨권이 많긴 하지만 괜히 혹해서 질렀다가 내 예상보다 못한 스킬이 나오면 피눈물을 흘려야 한다.

이펙트가 화려해서 뭔가 엄청 대단한 게 나올 줄 알았는데…….

쳇, 괜히 김칫국만 마셨네.

난 실망한 표정으로 스킬 창을 닫으려다가 멈칫했다.

상점 맨 하단에 무려 1억짜리 스킬이 있어서다.

수명이 1억 일이면 대체 몇 년이야?

하, 27만 년?

지금으로부터 27만 전이면……, 맙소사!

현생 인류인 호모 사피엔스가 나타난 시기랑 비슷한 거 아냐?

물론, 내가 인류학자는 아니라서 어느 정도 차이는 있겠지만 인류가 지금까지 살아온 세월을 써야 나오는 스킬이 있다니.

웃긴 건 스킬 이름이 ???였다.

가만! 보통 이런 스킬은 개발자가 장난하려고 넣어 놓지 않나?

플레이어가 아예 쳐다도 볼 수 없는 높은 가격을 매겨 놓고 좌절하거나 절망하는 모습을 보며 즐기는 악취미로 말이지.

근데 만에 하나, 정말 만에 하나 그런 용도가 아니라면?

난 그 자리에서 한참을 고민했다.

하지만 추측도, 예상도 섣불리 할 수 없었다.

그래, 지금은 일단 돌아가기로 하자.

나중에 시간 날 때 연구해도 되니까.

난 전처럼 여기서 나가야겠다는 생각을 머릿속으로 하였다.

즉시, 두 발이 붕 뜨는가 싶더니 다시 무언가에 닿았다.

퉁!

무언가에 부딪치는 소리가 들리며 무릎에 통증이 밀려왔다.

그때, 문이 벌컥 열리며 왕두석이 커다란 머리를 집어넣었다.

"전하, 안에서 무슨 소리가 나던데 괜찮으시옵……."

왕두석은 말을 맺지 못했다.

내가 나룻배 위에 노를 든 자세로 멍청히 서 있었기 때문이다.

왕두석이 소매로 눈가를 훔치며 말했다.

"그렇게 뱃놀이가 하고 싶으셨던 것이옵니까?"

"뭐?"

"돌아가는 대로 건축 사업부 순구 부장에게 말해서 창덕궁 근처에 이곳처럼 뱃놀이하는 호수를 파라고 명하시옵……."

왕두석은 이번에도 말을 맺지 못했다.

내가 들고 있던 노를 던졌기 때문이다.

잠시 후, 난 이마에 혹이 난 왕두석과 헛간을 나와 뭍으로 돌아갔다.

총융청이 보물을 전부 옮기는 데 2, 3일은 족히 필요할 듯 했다.

난 그동안 중남해 경치 좋은 전각에서 잠시 쉬기로 하였 다.

물론, 다리만 쉬는 거지 귀와 입은 쉴 틈이 없었다.

곧 강대산이 들어와 보고했다.

"전하, 조금 전에 북경 근처 주둔지에서 일하던 청군 목수 와 대장장이 1,000여 명을 찾아내 동영항으로 보냈사옵니 다."

"잘했네."

"성은이 망극하옵니다."

강대산과 이번 전쟁과 관련해 이런저런 이야기를 하는 중 인데.

밖에서 왕두석이 아뢰었다.

"전하, 이무악, 석지평이 급히 알현을 청하는데 어찌하올 까요?"

"들여보내라."

"예, 전하."

곧 이무악과 석지평이 씩씩대며 전각 안으로 들어왔다.

난 강대산이 따라준 차를 마시면서 물었다.

"두 분 다 표정이 썩 좋지 않은데 무슨 안 좋은 일이 있었소?"

이무악이 얼굴이 시뻘게져 대답했다.

"조선군이 중남해 어떤 호수 밑에서 보물을 찾아냈다고 들었습니다. 그래서 여기 있는 석 장군과 무슨 보물인지 궁금하여 호수로 찾아갔는데, 글쎄 금군이란 자들이 우리 앞을 막지 않겠습니까? 대체 우리를 막으시는 연유가 무엇입니까?"

"전리품은 원래 먼저 찾는 자가 임자 아니오?"

석지평이 답답하다는 듯 자기 가슴을 치며 대답했다.

"그건 엄연히 우리 한족이 모은 보물입니다! 한데 어찌 한족과 전혀 관계없는 조선인이 보물을 다 가져간단 말입니까?"

"그럼 두 분은 과인에게서 보물을 빼앗아 가려고 오신 거요?"

석지평이 이무악을 힐끗 보며 대답했다.

"빼앗아 가려고 했다기보단……, 우리도 보물에 어느 정도 권리가 있단 뜻이지요. 얼핏 봐도 보물의 양이 엄청나던데 우리 세 세력이 사이좋게 나눠 가지면 뒷말도 안 나오고 지금처럼 돈독한 관계를 이어 나갈 계기가 되지 않겠습니까?"

난 피식 웃으면서 대답했다.

"그럼 어떤 비율로 나누는 게 좋겠소?"

이무악이 신이 나서 대답했다.

"조선군이 이번에 우릴 많이 도와주었으니까 4를 가져가십시오. 나머지 6은 산동군과 석가군이 반씩 나눠 갖겠습니다."

난 고개를 돌려 강대산에게 중국어로 물었다.

"산동과 가까운 성이 어딘가?"

강대산도 중국어가 유창했다.

"하남성과 강소성이 가깝사옵니다."

"그쪽엔 요즘 누가 잘나가나?"

"하남에선 왕두춘이, 강소에선 주걸산이란 자가 눈에 띄옵니다."

"일간 그쪽과 자리를 한번 마련해 보게."

"예, 전하."

이무악이 식겁해 물었다.

"바, 방금 그건 무슨 뜻입니까?"

난 벌떡 일어나 이무악을 쏘아보았다.

"정말 몰라서 묻나? 당연히 왕두춘, 주걸산 둘 중 하나에게 네가 차지하고 있는 산동성을 통째로 넘겨주려고 그러지. 왜 내가 못 할 것 같나? 지금 산동군에 공급하는 화약의 반만 왕두춘에게 지원해 줘도 넌 산동에서 1년도 못 버틸걸."

"아, 아니, 그게 아니라……."

"이것들이 점잖게 대해 주니까 내가 호구로 보여?"

얼굴이 허옇게 질린 이무악과 석지평은 무릎만 안 꿇었다

뿐이지 손이 발이 되도록 빌고 나서 쫓기듯이 전각을 떠났다.

난 코웃음 치고 나서 강대산에게 지시했다.

"놈들이 딴생각 품지 못하도록 단단히 감시하게."

"알겠사옵니다."

"그리고 그거 있잖은가?"

"그거라면……."

"남쪽 일 말이야."

"예, 전하."

"그쪽에 연락해서 사냥을 시작하라고 하게."

"알겠사옵니다."

강대산이 나가고 나서.

난 옥좌에 앉아 식은 차를 마셨다.

이제 정말 얼마 남지 않았군.

비가 내리는 정글 속 움막에 여섯 명이 모여 있었다.

탁자 가장 상석에는 오효성이, 그리고 그 왼쪽에는 언제나 그렇지만 이번에도 김지웅이 앉아 대장사를 보좌하고 있었 다.

김지웅 옆에는 박배원과 신진익이, 두 장사 반대편에는 박 기성과 조지웅이 자리했다.

이제 나이가 들어 수염까지 허옇게 센 오효성이 입을 떼었 다.

"조양은 아직 병중이오?"

김지웅이 여덟 개의 의자 중 두 빈자리를 살피곤 씁쓸함을 감추지 못했다.

"의사 말론 조양도 다른 이들처럼 말라리아라는 병에 걸렸는데……, 항생제를 처방해도 낫는다고 보장하기 어렵답니다."

박배원이 주먹으로 탁자를 쾅 쳤다.

"빌어먹을!"

말은 안 했지만 다들 박배원과 비슷한 심정이었다.

이미 수십 명이 말라리아를 포함한 각종 병에 걸려 고생 중이었고, 심지어 그중 몇 명은 손써 볼 틈도 없이 병사했다.

거기다 팔장사를 괴롭히는 적은 또 있었다.

그들은 훈련 중에도, 잠을 잘 때도, 심지어 용변을 볼 때도 어디서 독사 같은 게 튀어나올지 몰라 항상 긴장해야 했다.

그뿐만이 아니었다.

정글 자체가 워낙 습한 곳이었다.

그리고 나무와 풀이 너무 우거진 탓에 빛도 잘 들어오지 않아서 대부분이 습진 같은 각종 피부병에 시달리고 있었다.

그나마 조양은 치료할 틈이라도 있어 다행이었다.

팔장사 중 하나인 장사민은 물갈이를 심하게 하다가 말라리아에 걸리는 바람에 손써 볼 틈도 없이 세상을 떠나 버렸다.

신진익이 팔짱을 끼면서 신중한 어조로 물었다.

"벌써 인도네시아 정글에서 9개월 넘게 열대 기후 적응 훈련을 하는 중인데……, 다음 작전에 관한 지시는 아직입니까?"

김지웅이 눈을 가늘게 뜨며 고개를 천천히 저었다.

"좀 더 기다리라는 말만 들었소."

그 말에 다들 한숨을 내쉬거나 작게 욕을 하였다.

그때, 오효성이 냉철한 표정으로 김지웅에게 물었다.

"그래서 오늘 상의할 안건은 무엇이오?"

"우선 중간에 지휘 공백이 발생하지 않도록 서둘러서 조양과 장사민의 지휘권을 인계받을 새 장사를 선발해야 합니다."

그러면서 조지웅을 힐끗 보며 말을 이어 갔다.

"조 장사를 우리 일원으로 받아들일 때도 그랬지만, 팔장사를 처음 설립할 때 한 맹세에 따라 이번에도 우리 여섯 명이 전부 찬성해야만 그들을 일원으로 받아들일 수 있습니다."

"그러면 누가 좋을지 다들 돌아가며 천거해 보시오."

성미가 급한 박배원이 가장 먼저 손을 들고 말했다.

"저는……."

회의가 끝난 후.

조지웅은 그가 지휘하는 부대로 돌아가 지시했다.

"우중 훈련을 하겠다. 정찰 대형으로 이동하여 흑룡 폭포 앞에서 15시까지 합류한다. 제시간에 합류하지 못한 부대는 흑룡 폭포 앞에서 본 장사와 함께 기지로 복귀해야 할 거다."

그 말에 장사들의 표정이 살벌해졌다.

조지웅은 훈련 때 지독하기로 정평이 나 있었다.

그래서 그와 함께 복귀하는 건 두 배, 아니 세 배로 힘들었다.

장사들은 방수 주머니에 개인 화기와 탄약을 넣어 등에 멨다.

대신, 정글도와 활, 독침 같은 무성 무기로 무장했다.

독침에 사용한 독은 물론 이곳 정글에서 구한 거였다.

화기는 사실 이런 정글에서 믿고 사용할 만한 무기가 아니었다.

습기에 눅눅해진 화약이 불발을 일으키거나 총신 안에 진흙이 들어가서 아예 발사 자체가 이뤄지지 않는 일이 흔했다.

그 바람에 여기서 생활한 9개월 동안, 팔장사는 정글도와 활, 그리고 독침과 같은 무성 무기의 달인으로 성장해 있었다.

팔장사는 햇빛이 들지 않는 정글에서 오직 전술 지도와 나침판 두 가지로만 목적지를 찾아가는 독도법도 자주 훈련했다.

거기다 독충, 독초를 구별하는 법부터 안전하게 식수를 마시는 법, 진흙탕과 늪을 가려내는 법 등을 익혀 장사 한 명, 한 명이 생존 교육을 담당하는 교관 정도의 실력을 갖추었다.

비전투 손실이 크기는 하지만 얻는 것 역시 많은 셈이었다.

무엇보다 해이해진 정신력을 가다듬을 수 있었다.

태어나서 처음 경험해 보는 이 낯설면서도 가혹한 환경

에서 9개월 넘게 생존하는 동안, 정신력이 날카롭게 벼리어져 아무리 힘들고 어려운 임무라도 포기하지 않는 법을 익혔다.

그런 효과를 느낀 조지웅도 굳이 오늘처럼 비가 와서 평소보다 몇 배 더 힘든 날을 골라 정찰 훈련을 진행하고 있었다.

조지웅은 흑룡 폭포에 한발 먼저 도착해 고개를 들었다.

검은색 바위 사이로 떨어지는 거대한 폭포가 굉음을 뿜어냈다.

오늘은 물이 불어서 그런지 평소보다 그 위세가 더 대단했다.

뿌연 물보라를 일으키며 떨어지는 고목 같은 물기둥이 검은 바위를 거슬러 오르는 용처럼 보인다고 해서 폭포에 흑룡 폭포란 이름을 붙인 팔장사는 이곳을 훈련 장소로 애용했다.

곧 정찰 훈련을 마친 부대들이 하나둘 도착했다.

조지웅은 주머니에서 회중시계를 꺼내 확인했다.

15시에서 30분이 모자랐다.

다행히 요즘 상태가 좋지 않아 걱정을 사던 부대가 마지막으로 14시 55분에 도착하면서 정찰 훈련은 성공리에 끝났다.

조지웅은 폭포 앞에 있는 바위에 올라가 말했다.

"고생 많았다!"

"예!"

"오늘 훈련은 여기까지 할 테니까 돌아가서 다들 푹 쉬어라."

그 말에 장사들이 환호성을 터트렸다.

아마 이런 날에 야간 작전 훈련까지 강행했으면 웬만한 훈련은 자면서도 하는 장사들도 상관에게 불만을 드러냈을 거다.

조지웅은 부장사, 부관, 전령 몇 명과 조를 이루어 복귀했다.

그렇게 정글을 덮은 안개 속에서 한참을 걷고 있을 때.

조지웅이 작게 소리쳤다.

"전원 정지."

그 소리에 다른 이들이 거의 한 몸인 거처럼 움직임을 멈췄다.

조지웅은 천천히 허리에서 단도 하나를 꺼내 앞으로 던졌다.

쉬익!

짧은 파공음이 울린 후.

보호색을 띤 독사 대가리가 단도에 잘려 떨어졌다.

독사가 숨어 있는 작은 나무를 무심결에 손으로 집고 있던 전령 하나가 몸을 부르르 떨면서 참았던 숨을 길게 내쉬었다

"감, 감사합니다."

"여긴 보호색을 띤 놈들이 많으니까 앞으론 좀 더 조심해라."

"예."

다행히 그 뒤에는 별일 없었다.

가끔 원숭이나 오랑우탄이 침입자를 보고 소리치는 게 다였다.

운이 나쁠 땐 호랑이를 마주치는 부대도 있었다.

물론, 조선 호랑이에 비해 체구가 작긴 하지만 그래도 정글에 숨어 있다가 튀어나오면 순간적으로 당황할 수밖에 없었다.

다행인 점은 팔장사의 부업이 바로 조선에 서식하는 맹수들, 이를테면 호랑이나 표범 등을 사냥하는 거였다는 점이다.

덕분에 놀라긴 해도 호랑이에 잡아먹히진 않았다.

호랑이라면 이제 지긋지긋할 정도로 상대해 봤으니까.

조지웅 부대는 팔장사 사령부 동쪽에 주둔지가 있었다.

하지만 보병처럼 주둔지에 전부 모여 생활하진 않았다.

소장사를 중심으로 많겐 열다섯 명, 적겐 열 명씩 조를 이루어 따로 떨어져 생활하는데, 그렇게 해야지만 서로의 장단점을 파악해 임무를 수행할 때 최고의 효율을 낼 수 있었다.

주둔지에 도착한 조지웅이 막 밥을 먹으려고 할 때.

우비를 쓴 사령부 전령이 안개 속에서 모습을 드러냈다.

"대장사께서 긴급회의를 소집하셨습니다."

조지웅은 손에 든 전투 식량을 부관에게 주고 일어섰다.

잠시 후.

조지웅은 사령부로 사용하는 움막에 도착해 안으로 들어갔다.

그가 가장 먼저 온 모양이다.

오효성, 김지웅 외에 다른 장사들은 보이지 않았다.

조지웅은 두 장사에게 인사하고 자리에 가서 앉았다.

마침내 모든 장사가 모였을 때.

오효성의 눈짓을 받은 김지웅이 일어나 통보했다.

"창덕궁에서 사냥을 시작하란 명령이 내려왔소. 모든 장사
는 내일 08시까지 사령부 앞에 집결해 이동할 준비를 갖추시
오."

박배원은 기뻐했고 신진익은 신중한 표정을 지었다.

그리고 조지웅은 오늘 훈련하길 잘했단 생각을 하였다.

반도 모습이 용을 닮은 데다, 해안에 백사장이 넓게 펼쳐져
있어 백룡반도란 이름을 얻은 해안가에 운남 토착 민족 복장
을 한 남녀 다섯이 어둠을 헤치며 신중히 걸음을 옮겼다.

맨 앞에서 걷는 여인이 책임자인 듯했다.

얼마 없는 달빛으로 지도와 나침반을 확인하고 주먹을 쥐
었다.

그 즉시, 그녀를 따라온 건장한 사내 넷이 사방으로 흩어졌
다.

사내들은 품에서 검게 칠한 칼을 꺼내 손에 쥐었다.

누구든 이쪽으로 접근하면 가차 없이 베어 버리겠단 태도
였다.

그렇게 1시간 30분을 기다렸을 무렵.

너울지는 검은 파도 위로 윤곽이 흐릿한 작은 배가 나타났다.

여인은 주머니에서 라이터를 꺼내 불을 켜고 좌우로 흔들었다.

잠시 후.

작은 배가 점점 그녀가 있는 해안가로 다가왔다.

사실 배는 아니었다.

충무청이 이미 사용한 적 있는 검은색 고무보트였다.

보트에는 역시 고무로 만든 거 같은 검은색 옷을 입고 얼굴과 손에 검은색을 칠한 건장한 사내 열 명이 타고 있었다.

해안가에 도착한 보트에서 한 명이 내려 여인에게 다가왔다.

"용호군 홍장미 과장입니까?"

홍장미가 고개를 끄덕이며 물었다.

"그쪽은 팔장사 조지웅 장사죠?"

"예, 맞습니다. 유명하신 분을 뵙게 되어 영광입니다."

"저야말로 조지웅 장사를 만나 영광이죠."

멋쩍게 웃은 조지웅이 수신호를 보냈다.

곧 나머지 사내들이 보트를 들고 해안가로 올라왔다.

홍장미가 물었다.

"다른 장사들은요?"

"안전을 확인했으니까 차례대로 도착할 겁니다."

대담한 조지웅이 손짓으로 신호했다.

그 즉시, 장사들이 빠르게 움직였다.

몇 명은 사주 경계 중인 용호군 요원과 합류해 경계를 도왔다.

그리고 몇 명은 바람을 빼서 보트 부피를 줄였다.

이어 삽으로 땅을 깊게 파고 그 안에 보트를 노와 함께 묻었다.

잠시 후.

두 척, 세 척씩 짝을 이룬 고무보트가 너울을 넘어왔다.

그렇게 해서 1시간이 지났을 무렵에는 1,000명이 넘는 인원이 상륙에 성공하여 단독 작전이 가능한 편제를 완성했다.

홍장미가 준비한 옷으로 갈아입고 돌아온 조지웅에게 물었다.

"이번 사냥 작전을 위해 팔장사가 전부 나선 건가요?"

"그렇다고 들었습니다."

"상부의 기대가 큰 모양이군요."

"기대가 아닙니다."

"무슨 뜻이죠?"

"상부에선 우리가 반드시 성공할 거라 믿고 있습니다."

홍장미가 입술을 살짝 깨물고 나서 대답했다.

"……실패가 용납 안 되는 작전인 거군요."

"말하자면 그렇습니다."

밤하늘을 힐끗 본 홍장미가 말했다.

"날이 곧 밝을 테니 서두르죠."

보트를 숨기고 옷을 갈아입은 팔장사 1,000명은 홍장미가 이끄는 용호군 요원들의 안내를 받아 백룡반도를 벗어났다.

그들은 땅의 주인에게 정식으로 초대받은 손님이 아니었다.

선전포고하고 쳐들어온 정규군도 아니었다.

그래서 되도록 사람이 많은 곳은 피하며 이동했다.

도중에 돈을 벌기 위해 깊은 산까지 들어온 약초꾼과 사냥꾼, 또는 죄를 저지르고 숨어 사는 산적을 만나 발각당할 위기에 처하기도 했지만, 용호군 요원이 나서서 처리했다.

조지웅은 언어와 지리, 풍습, 임기응변에 뛰어난 재능을 보이는 홍장미 일행을 보고 속으로 몇 번이나 찬탄을 금치 못했다.

그건 홍장미 일행도 마찬가지였다.

용호군 요원도 몇 년에 걸쳐 혹독한 교육과 훈련을 받고 그걸 다 수료해야지만 정식으로 용호군 요원 자격을 얻었다.

근데 팔장사는 그런 용호군 요원보다 체력 면에서 우위를 보였으며 가끔 보여 주는 날렵한 동작은 혀를 내두를 정도였다.

장사 한 명, 한 명이 아주 예리하게 벼린 칼 같았다.

얼마 후.

홍장미 일행은 조지웅과 그의 부하들을 운남성 성도인 곤명에서 남서쪽으로 10킬로미터 떨어진 장소인 옥계로 안내했다.

조지웅 부대는 옥계에 두 번째로 도착한 부대였다.

그보다 박배원의 부대가 한발 빨랐다.

조지웅과 그의 부하들에게 쉴 곳을 마련해 준 홍장미가 근처에 와 있던 평범하게 생긴 남자와 만나 정답게 대화를 나눴다.

조지웅은 부하들이 떠드는 소리를 듣고 평범하게 생긴 남자가 추룡군에서 가장 뛰어나다는 유령이란 것을 알 수 있었다.

유령은 심지어 이름까지 임금에게 직접 하사받았다고 한다.

그로부터 열흘이 지났을 때.

박기성, 신진익, 그리고 오효성과 김지웅 등이 도착했다.

조양과 장사성을 대신해서 부대 지휘를 처음 맡은 신임 장사 두 명도 낙오하지 않고 목적지인 옥계에 무사히 당도했다.

하긴 간단한 침투 작전마저 실패할 정도로 어리바리한 이였다면 조양, 장사성의 자리를 차지하기도 어려웠을 테지만.

모두 도착하고 나서 오효성은 수뇌부 회의를 열었다.

회의에는 팔장사와 용호군의 홍장미, 유연 두 명이 참석했다.

오효성이 먼저 칼집으로 지도에 있는 곤명을 찍었다.

"다들 이미 짐작했을 테지만 이번 사냥 작전의 표적은 평서왕 오삼계, 오응웅 부자요. 만약, 부자 중 한 명밖에 죽일 수 없을 때는 반드시 오응웅을 죽이란 명령이 위에서 내려왔으니까 팔장사, 용호군 모두 이 점을 명심해 주길 바라오."

그 말에 다들 긴장한 눈빛으로 고개를 끄덕였다.

북경에서 피어오르던 불길한 바람이 운남까지 불고 있었다.

222장. 위치가 묘하군.

목표를 알려 준 오효성은 뒤로 빠지고 김지웅이 나섰다.

"우선 오삼계, 오응웅 부자의 위치를 알아야겠는데……."

유연이 고개를 끄덕이며 대답했다.

"오삼계는 곤명 평서왕부에 있습니다. 그리고 아들 오응
웅은 사천 성도에 왕부를 세워 머물며 기반을 다지는 중입니
다."

김지웅이 턱수염을 쓸어내리며 미간을 찌푸렸다.

"오삼계는 그렇다 쳐도 오응웅이 사천에 있단 점이 좀 걸
리는군요. 성도에 있다는 왕부를 직접 치기는 어려울 듯한
데."

유연이 의미심장한 미소를 지으며 대꾸했다.

"그 점은 걱정할 필요 없습니다."

김지웅이 기뻐하며 물었다.

"오응웅이 왕부를 떠날 일이 생긴 겁니까?"

"곧 오삼계의 생일이 돌아옵니다. 작년에 오응웅이 아버지 생일에 맞춰 곤명에 들렀으니까 이번에도 마찬가지일 겁니다."

유연이 말한 정보를 바탕으로 작전 계획이 만들어졌다.

작전은 크게 두 가지였다.

하나는 반드시 성공해야 하는 오응웅 쪽 작전이었다.

그리고 다른 하나는 반드시 성공할 필욘 없지만 그래도 시도는 해 본다는 느낌으로 진행하기로 한 오삼계 쪽 작전이었다.

지휘 계통에 혼선이 빚어지면 곤란하기에 오응웅은 팔장사가, 오삼계는 용호군이 각각 맡아서 진행하기로 입을 맞췄다.

얼마 후.

조지웅은 사천과 운남을 잇는 큰길을 정찰했다.

사천과 운남이 언제부터 교류했는지는 알 수 없다.

하지만 두 성이 지리적으로 가까운 덕에 교역로와 통행로가 잘 닦여 있어 군대가 이동할 만한 길도 세 곳이나 되었다.

물론, 길마다 특성은 있었다.

어떤 길은 산맥 사이를 지나가야 해서 힘들지만, 대신 빨리 갈 수 있어서 상인이나 군대가 주로 이용하는 통로였다.

그리고 또 어떤 길은 산맥을 멀리 돌아가야 해서 시간이 오래 걸리지만, 반대로 힘은 덜 들어 여행객이 주로 이용했다.

문제는 사천 성도 왕부를 출발한 오응웅이 경호 목적으로 똑같은 행렬 세 개를 꾸려 그 세 길을 전부 지나간단 점이다.

물론, 그중 하나만이 진짜 오응웅이 있는 행렬일 거다.

조지웅이 지금 정찰하는 큰길은 산맥을 우회하는 길이었는데 얼핏 듣기론 세 길 중에 가장 확률이 떨어진다고 하였다.

오응웅으로선 어떻게든 외부에 있는 시간을 줄이려 할 테니까.

그래도 조지웅은 열과 성을 다해 길 주변을 조사했다.

확률은 확률일 뿐이었다.

오응웅이 역으로 그 길을 고를지도 모를 일이다.

정찰은 순조로웠다.

운남에서 활동을 오래 한 용호군 요원 몇 명과 그 요원들이 섭외한 운남 토착 민족 길잡이가 정찰을 도와주고 있어서다.

토착 민족이라고 부르는 이유는 그들의 출신이 다 달라서다.

티베트족, 나시족, 바이족 등 무려 여섯 개가 넘는 토착 민족이 팔장사를 도와 오응웅을 암살하는 계획에 참여하고 있었다.

그들의 바람은 하나였다.

조상들이 물려준 이 운남 땅에 자신들의 나라를 세우는 거였다.

이러한 계획은 창덕궁의 임금도 허락한 일이었다.

아니, 임금이 오히려 더 적극적이었다.

그래서 구체적인 방안까지 지시했다.

임금이 세운 방안은 언제나처럼 간단하면서도 효율적이었다.

특히, 앞날을 내다본 듯한 혜안에 감탄하지 않을 수가 없었다.

임금이 지시한 방안은 이러했다.

토착 민족을 묶어서 국가로 만들면 언젠가는 숫자가 많은 민족이 다른 소수 민족을 탄압할 수밖에 없으니 아예 처음부터 용호군이 영토를 지정해서 각 민족에 나눠 주란 거였다.

또, 똑같은 크기로 나누어 주면 숫자가 많은 민족은 자기들이 손해를 봤다고 느껴 다른 민족이 가진 영토를 반드시 욕심을 낼 테니까 그 점을 고려해 영토를 설정하라고도 하였다.

용호군 요원을 통해 그 얘기를 처음 전해 들었을 때, 조지웅은 새삼스레 그가 모시는 임금에 대한 존경심이 끓어올랐다.

앞날을 내다보는 혜안이란 이런 걸 말하는 거겠지.

아무튼 임금이 제시한 방안에 따라 용호군 수뇌부는 운남성 토착 민족 대표를 한자리에 모아 놓고 몇 달간의 길고 격렬한 논의 끝에 각 민족이 받을 영토의 위치를 확정했다.

마지막에는 경고도 잊지 않았다.

만약, 이번에 정해진 영토에 만족하지 못하고 다른 민족이 가진 영토를 욕심내면 반드시 조선이 개입할 거란 경고였다.

그 말에 각 민족을 대표해 나온 이들은 겁을 먹고 절대 그런 일은 없을 거라며 하늘과 그들이 모시는 신에게 맹세했다.

물론, 여기엔 한 가지 전제 조건이 필요했다.

오삼계, 오웅웅을 포함한 한족을 먼저 몰아내야 한단 거였다.

그런 상황이다 보니까 토착 민족도 적극적으로 나섰다.

그렇다고 조선에 꿍꿍이가 전혀 없단 말은 아니었다.

세상에 공짜는 없으니까.

조선이 토착 민족을 지원하는 데는 두 가지 의도가 있었다.

하나는 한족의 영토와 영향력을 축소하는 거다.

한족이 운남을 가지면 인도차이나까지 영향을 끼칠 수 있었다.

즉, 지정학적인 이유에서 한족을 운남에서 몰아내려는 거다.

다른 하나는 운남에 있는 막대한 지하자원이었다.

운남에는 주석과 구리가 대규모로 묻혀 있었다.

그리고 특산물로는 차와 대리석이 아주 유명했다.

애초에 대리석이란 말이 운남의 옛 왕조에서 나왔을 정도였다.

토착 민족을 도와주는 대가로 자원 개발권과 특산품 전매권만 확보해도 이번 운남 사업이 그렇게 밑지는 건 아니었다.

다시 현실로 돌아온 조지웅은 길을 따라가며 지형을 확인했다.

그러다가 길에서 1킬로미터 떨어진 평평한 바위를 발견했다.

"흠, 기습을 가할 장소로 저기가 괜찮아 보이는군."

조지웅은 직접 바위에 올라가 주변 경관을 확인했다.

평평한 바위는 숲에 둘러싸인 돌산 정상에 있었다.

그리고 북동쪽에서 내려와 남서쪽으로 굽어지는 구간의 한가운데 있어 북동쪽, 남서쪽 양쪽을 전부 기습할 수 있었다.

시야 역시 아주 훌륭했고.

조지웅은 바로 부장사 하나를 불러 지시했다.

"이곳에 솔개포를 배치하게."

부장사가 바로 의문을 제기했다.

"전술적인 이점이 많은 지형이어서 적도 그냥 놔두지 않을 거 같은데 강행해서라도 솔개포를 배치하길 원하시는 겁니까?"

"그렇게 하게."

"알겠습니다."

솔개포 배치를 마친 조지웅은 반대편으로 이동했다.

그곳은 나무와 풀과 가시나무가 우거진 빽빽한 산림이었다.

"이곳에 첫 번째 주력을 배치하지."

부장사가 지시를 수첩에 적을 때.

숲에서 나온 조지웅은 길을 따라 조금 내려갔다.

물살이 꽤 빠른 하천 위에 돌다리가 놓여 있었다.

"돌다리에 인계 철선으로 격발하는 진천탄을 잔뜩 설치해두게."

지시를 적던 부장사가 물었다.

"다리를 무너트리려고 하시는 겁니까?"

"그래야겠어."

"알겠습니다."

조지웅은 다리 왼쪽으로 이어진 갈대숲을 바라보며 지시했다.

"저곳에는 지뢰형 진천탄을 매설하게."

"그러면 두 번째 주력은?"

"갈대숲 반대편에 배치하지."

"그렇다면 여기가 결판을 낼 장소가 되는 거군요."

"그렇지."

지형을 확인하며 꼼꼼하게 지시를 내린 조지웅은 다리 근처 언덕으로 올라가 망원경으로 그 주변 지형을 다시 조사했다.

"숲이 정말 빽빽하군."

인도네시아 정글에서 9개월을 보내긴 했지만, 운남에서 만난 숲도 만만치 않아 마치 녹색 바닥에 떠 있는 느낌이었다.

별달리 눈에 띄는 점이 없어 막 망원경을 내리는데.

"기병이 옵니다!"

망을 보던 부하 하나가 소리쳤다.

사천과 운남을 잇는 큰길이어서 낮에도 통행량이 꽤 많았다.

그리고 그중에는 길을 따라 정찰하는 평서왕군도 적지 않았다.

평서왕군과 마주치면 끝장이었다.

조지웅이 서둘러 언덕을 내려가려는 순간.

지평선 끝까지 펼쳐진 숲에서 묘한 위화감을 느꼈다.

뭐지?

의문을 표한 조지웅은 급히 망원경으로 확인했다.

그때, 부장사가 재촉했다.

"지금 숨지 않으면 들킵니다."

조지웅은 대답하지 않고 망원경으로 보이는 풍경에 집중했다.

그의 감각을 건드린 건 서쪽 숲이었다.

마치 엄청나게 긴 칼로 서쪽 숲 가운데를 찍어 버린 거 같았다.

그 흔적을 중심으로 오른쪽과 왼쪽 숲 모양에 차이가 있었다.

그때, 부장사가 조지웅의 소매를 잡고 급히 끌어당겼다.

"놈들이 근처까지 왔습니다."

조지웅도 말발굽 소리를 들었기에 얼른 몸을 날렸다.

다행히 수풀이 우거진 곳이었다.

바짝 엎드리면 길에선 그가 보이지 않을 터였다.

다만, 그가 엎드리기 전에 적이 보았다면 지금 하는 행동은 그다지 의미가 없었기에 조지웅은 권총을 꺼내 손에 쥐었다.

다그닥다그닥!

말발굽 소리가 점점 가까이서 들려오다가 갑자기 뚝 멈췄다.

조지웅은 천천히 권총의 해머를 당겨 코킹했다.

부장사도 단도 두 자루를 양손에 쥐었다.

잠시 후.

그들이 있는 곳으로 발걸음 소리가 몇 개 들려왔다.

조지웅은 쓴웃음을 지었다.

아무래도 몸을 숨기기 전에 기병이 그를 발견한 모양이었다.

코킹한 권총의 방아쇠울에 손가락을 넣고 쏠 준비를 하는데.

멀리서 누가 부르는 소리가 들렸다.

그 즉시, 풀숲 쪽으로 걸어오던 이들이 발길을 돌려 멀어졌다.

이어 말발굽 소리가 다시 들리더니 빠르게 멀어졌다.

조지웅은 풀을 헤치고 길 쪽을 확인했다.

평서왕군 복장을 한 경장 기병 100여 명이 뿌연 먼지를 피워 올리면서 사천 성도가 있는 북쪽으로 급히 달려가고 있었다.

그제야 몸을 굴려 밖으로 나온 조지웅이 부장사에게 말했다.

"나 때문에 작전이 위험해질 뻔했군. 미안하네."

조지웅은 실수를 인정할 줄 아는 사내였다.

부장사가 고개를 숙였다.

"아닙니다."

"이해해 줘 고맙군."

"한데 뭘 그렇게 열심히 보셨던 겁니까?"

"그렇지 않아도 그걸 알아볼 생각이었네."

조지웅은 길잡이들을 불러 조금 전에 본 흔적에 관해 물었다.

용호군 하나가 옆에서 대답을 통역했다.

"여기서 반나절 거리에 있는 협곡을 보신 거 같다고 합니다."

"그게 협곡이었다고?"

"그렇습니다."

"그 협곡은 어디에서 출발해 어디까지 이어지지?"

"량산 산맥을 관통하는 협곡이라고 합니다."

대답을 들은 조지웅은 지도를 펼쳐 량산을 확인했다.

"흠, 위치가 묘하군. 알겠네."

지도를 접어 품에 넣은 조지웅은 부하들과 주둔지로 돌아갔다.

그리고 거기서 부장사들과 작전을 좀 더 세밀하게 구상했다.

작전 수립을 마친 후에는 바로 작전에 들어갔다.

분대 지원 화기를 다루는 장사들은 평평한 바위로 이동했다.

폭파 특기를 가진 이들은 돌다리로 이동해 지시를 기다렸다.

조지웅은 장사 반을 부장사에게 주어 첫 번째 매복 장소로 보내고 본인은 남은 장사와 갈대숲 반대편으로 들어갔다.

폭파 특기를 보유한 장사들이 야음을 틈타 갈대밭 안에 지뢰형 진천탄을 매설하는 모습을 지켜보던 조지웅이 손짓했다.

곧 젊은 소장사가 달려와 군례를 취했다.

"부르셨습니까?"

"네 조는 량산을 관통하는 협곡에 매복해야겠다. 놈이 그 협곡을 이용할 가능성은 적지만 만사 불여튼튼이라 했으니까."

그러면서 조지웅은 협곡을 표시한 지도를 건넸다.

"협곡을 표시해 둔 지도다. 제시간에 맞춰 찾아갈 수 있겠지?"

젊은 소장사가 자신감 넘치는 표정으로 대답했다.

"인도네시아의 정글에 비하면 이런 곳쯤은 문제없습니다."

"좋다. 지금 바로 출발해라."

"예."

젊은 소장사는 조원들을 데리고 어둠 속으로 몸을 감추었다.

그 모습을 잠시 지켜보던 조지웅이 용호군 요원에게 물었다.

"전방에서 소식이 왔는가?"

"내일 오전에는 이곳에 도착할 거라 합니다."

조지웅은 고개를 들어 밤하늘을 보았다.

먹구름은 없었다.

다행히 비는 내리지 않을 모양이었다.

조지웅은 다리 쪽에 매복한 장사들에게 지시했다.

"다리에는 인계 철선으로 지뢰형 진천탄을 설치하고 다리 양쪽 강변에는 산탄형 진천탄을 넉넉히 설치해라. 설치를 마치고 나선 잡인이 다리에 접근하지 못하게 단단히 감시하고."

"예."

모든 준비가 끝났을 무렵엔 벌써 동이 터 오고 있었다.

조지웅은 위장막을 쓰고 잠시 눈을 붙였다.

위장막 안으로 이슬이 스며든 탓에 몸을 흠칫 떨었을 때였다.

두두두두두!

수천 기가 넘는 기병이 내달리는 굉음이 어렴풋이 들려왔다.

223장. 한 방에 맞힐 수 있겠지?

솔개포 부대를 지휘하던 부장사는 나무 뒤에 숨어 망원경으로 북쪽에서 천천히 내려오고 있는 왕부 행렬을 관찰했다.

행렬에 보병은 보이지 않았다.

내관과 궁녀로 보이는 이들도 전부 말을 타고 이동했다.

부장사는 적의 규모를 대충 가늠해 보았다.

기병 8,000기 안팎인 듯했다.

그리고 기병 부대 중앙에 검은빛을 내뿜는 강철 전차가 있었다.

강철 전차는 크기가 거대했다.

군마 수십 마리가 앞에서 끌고 있음에도 힘에 버거워 보였다.

강철 전차 자체도 형태가 무척 특이했다.

마부석을 제외하면 밖으로 드러난 부위가 없었다.

전차 측면 양쪽에 손바닥 크기의 창문이 뚫려 있을 뿐이었다.

경치를 구경하기 위해서라기보단 환기용인 듯했다.

부장사는 머릿속으로 솔개포 포탄이 강철 전차에 떨어지는 상상을 해 봤지만 역시 전차의 차체를 뚫긴 힘들어 보였다.

하지만 명령은 명령이었다.

솔개포로 공격하라는 지시를 받았으니까 그는 따라야 했다.

부장사는 망원경의 방향을 남서쪽으로 휙 돌렸다.

그곳엔 솔개포를 배치하기로 한 평평한 바위가 있었다.

오늘 새벽까지만 해도 텅 비어 있던 곳이었는데 동이 막 트기 전에 평서왕군 50여 명이 나타나 바위를 다 차지해 버렸다.

평서왕군도 그 바위가 기습하기 아주 좋은 지점이라는 사실을 사전에 간파하고 병력을 보내 선점해 두려는 행동이었다.

숨을 깊이 들이마신 부장사가 주먹을 쥐었다.

곧 100명이 넘는 장사들이 이슬에 젖어 축축해진 위장막을 벗고 평평한 바위가 있는 쪽으로 포복을 이용해 접근했다.

동은 이미 한참 전에 떴다.

하지만 운남 지역의 독특한 기후 덕분에 산안개가 아직 남아 있어 그들은 들키지 않고 바위 쪽으로 접근하는 데 성공했다.

역시 포복으로 바위에 접근한 부장사가 고개를 쑥 내밀었다.

안개 속에서 웃고 떠드는 소리가 들렸다.

이런 외진 장소에 그들을 노리는 적이 숨어 있을 거라고는 전혀 예상하지 못한 탓에 자기들끼리 시시덕거리고 있었다.

쓴웃음을 지은 부장사가 손으로 전진을 표시했다.

곧 장사들이 품에서 단도, 독침 등을 들고 바위를 올라갔다.

평평한 바위 위에선 여전히 떠드는 소리가 들려왔다.

부장사는 날카로운 눈빛으로 주먹을 쥐어 보였다.

조별로 습격하란 신호였다.

곧 장사들은 고양이처럼 소리를 내지 않으며 접근했다.

잠시 후.

쉭쉭!

날카로운 파공음이 울리기 무섭게 신음이 사방에서 들려왔다.

개중 몇은 소리를 지르기도 했지만, 곧 잠잠해졌다.

부장사는 안개를 뚫고 평평한 바위로 올라갔다.

장사들이 아직 숨이 붙어 있는 적에게 칼을 쑤셔 넣고 있었다.

부장사는 지체하지 않고 지시했다.

"시작하자."

장사들은 등에 지고 온 솔개포 부품을 꺼내 조립했다.

그리고 몇 명은 팔뚝만 한 솔개포 포탄을 옆에 쌓았다.

솔개포 담당이 아닌 장사들도 바쁘게 움직였다.

참수리를 바위 양쪽에 나눠 배치하고 바위로 오르는 길목과 퇴로에 지뢰형과 폭발형 진천탄을 빼곡하게 설치해 두었다.

그 모습을 지켜보던 부장사가 지시를 추가했다.

"시체에도 작업해 둬라."

"예."

대답한 장사들이 죽은 평서왕군 시체 밑에 진천탄을 깔고 인계철선을 설치해 시체를 움직이면 즉시 터지도록 조치했다.

모든 준비를 마쳤을 때.

경계를 서던 장사가 보고했다.

"표적이 곧 목표 지점을 통과할 거 같습니다."

고개를 끄덕인 부장사가 솔개포를 맡은 소장사에게 물었다.

"한 방에 맞힐 수 있겠지?"

"거리를 정확히 재 두었으니까 틀림없이 초탄에 명중할 겁니다."

"좋아."

곧 솔개포 다섯 문이 영점을 조정해 길 한가운데를 조준했
다.

잠시 후.

뱀처럼 길게 늘어진 왕부 행렬이 모습을 드러냈다.

부장사는 고개를 돌려 소장사에게 지시했다.

"지금부터 솔개포 운용은 너에게 전적으로 맡기겠다."

"예."

대답한 소장사가 약간 긴장한 표정으로 부하들을 독려했
다.

영원처럼 길게 느껴지던 10분이 지난 후.

강철 전차가 미리 표시해 둔 지점을 통과하려 하였다.

소장사는 즉시 손으로 신호를 보냈다.

펑펑펑펑펑!

솔개포 다섯 문이 동시에 포탄을 쏘아 올렸다.

부장사는 망원경으로 강철 전차를 확인했다.

콰콰콰콰쾅!

두 발은 왼쪽으로 치우쳐져 내관과 궁녀를 폭격했다.

두 발은 전차를 끌던 말 사이에 떨어져 피 보라를 일으켰
다.

마지막 한 발은 정확히 강철 전차 측면을 때렸다.

쿵!

강철 전차가 좌우로 흔들리다가 바퀴 두 개가 떨어져 나갔
다.

부장사가 따로 지시를 내릴 필요도 없었다.

초탄을 명중시킨 솔개포 부대는 곧바로 두 번째, 세 번째, 그리고 네 번째 포격을 가해 왕부 행렬을 맹렬히 공격했다.

곳곳에서 먼지와 흙이 우산대를 거꾸로 세운 거처럼 치솟았다.

돌 한 주먹을 강물에 뿌린 듯한 광경이었다.

고함, 비명, 군마가 고통스럽게 울부짖는 비명이 한데 뒤섞여서 1킬로미터 떨어져 있는 바위 위까지 생생히 전해졌다.

강철 전차는 벌써 네 발이나 포탄을 얻어맞았다.

하지만 약간 찌그러지기만 했을 뿐, 부서질 기미는 아직 없었다.

괜히 강철이 아니었다.

부장사는 망원경으로 적의 반응을 확인했다.

평서왕군은 두 갈래로 나뉘어 움직였다.

한 갈래는 고장 난 전차를 수리했다.

먼저 전차와 군마를 묶은 줄을 잘라 내고 나서 떨어져 나간 바퀴를 어떡해서든 다시 원래 자리로 돌려놓으려 하였다.

그들은 그 모든 작업을 포격을 받으면서 하고 있었다.

평서왕군 군기가 아주 엄정하단 증거였다.

오합지졸이었으면 전차부터 팽개치고 도망쳤을 테니까.

다른 한 갈래는 예상대로였다.

포격이 날아오는 방향인 바위로 몰려들었다.

물론, 나무와 관목, 가시나무가 가득한 밀림을 말을 타고 이동할 순 없는 노릇이라, 대부분 걸어서 접근하고 있었다.

퍼어엉!

평서왕군이 인계 철선을 건드린 모양이다.

곳곳에서 폭발형 진천탄이 터지며 일대를 피바다로 물들였다.

진천탄 안에는 쥐약에 담가 둔 쇠구슬 수천 개가 들어 있어 살짝 스치기만 해도 내출혈이 일어나 과다 출혈로 사망했다.

피와 살점이 난무하는 가운데서도 부장사는 침착히 명령했다.

"사거리에 들어오면 참수리로 갈겨 버려!"

"예!"

잠시 후.

두두두두두!

참수리 두 정이 양쪽에서 교차 사격을 가했다.

총알 대부분은 나무와 나뭇가지에 가서 맞았다.

하지만 돌산으로 돌격하던 평서왕군을 맞힌 총알도 많았다.

황토색이던 돌산이 금세 검붉게 변했다.

그렇게 한참 동안 시간을 끌고 나서 부장사가 외쳤다.

"솔개포 부대부터 퇴각한다!"

"예!"

이미 솔개를 분해해 짊어지고 있던 장사들이 바위를 내려갔다.

물론, 퇴로에도 이미 평서왕군이 잔뜩 몰려와 있었다.

하지만 퇴로 양쪽에 묻어 둔 지뢰형 진천뢰 덕분에 별다른 공격을 받지 않고 미리 정해 둔 퇴각 지점으로 이동할 수 있었다.

철수를 마무리 지은 부장사는 바위를 내려가면서 바위 주변에 매설한 지뢰형, 폭발형 진천뢰를 모두 터트리라 명했다.

콰콰콰콰쾅!

엄청난 진동이 숲을 찌르르 울렸다.

심지어 평평한 바위마저 지진이 난 거처럼 흔들렸다.

폭발에 휘말려 올라간 먼지와 나뭇잎이 시야를 가린 틈에 부장사는 부하들을 데리고 퇴각 지점으로 철수할 수 있었다.

그로부터 한참 후에 또다시 폭음이 울렸다.

아마 시체를 옮기려다가 인계 철선을 건드린 듯했다.

함정에 당한 평서왕군은 도망치는 적을 제대로 쫓지 못했다.

다음엔 무슨 함정이 그들을 기다리고 있을지 모르는 일이니까.

◆ ◈ ◆

솔개포 포격이 끝나면서 간신히 현장을 수습한 평서왕군은 강철 전차에 새 군마를 묶어 남쪽으로 급히 달아나려 하였다.

하지만 막 길을 따라 출발하려는 시점에 반대편 숲에서 팔장사 500여 명이 번개처럼 튀어나와 강철 전차를 급습했다.

탕탕탕탕탕!

총성이 귀청을 찢을 거처럼 사방에서 울렸다.

거기다 비격뢰 수십 개도 강철 전차 쪽으로 날아갔다.

거리가 멀어 닿지는 않았지만, 위협적이긴 마찬가지였다.

결국, 평서왕군은 강철 전차 먼저 출발시켰다.

그런 강철 전차를 쫓는 평서왕군 기병은 2,000기에 불과했다.

평서왕군이 강철 전차를 호위하며 돌다리에 이르렀을 때였다.

기병 수십 명이 먼저 돌다리를 건너려고 할 때.

콰아아아앙!

지축을 울리는 굉음이 울리며 돌다리가 박살 났다.

당연히 그 위를 지나던 기병들도 폭발에 휩쓸려 나가떨어졌다.

깜짝 놀란 평서왕군은 급히 방향을 틀어 갈대숲으로 달아났다.

펑펑펑펑펑!

갈대숲에 매설한 지뢰형 진천탄이 폭발했다.

심지어 이번에는 갈대숲에 불까지 붙었다.

평서왕군 기병 수백 기가 불길에 휩싸여 비명을 질렀다.

거센 불길이 전방을 막아 버리는 바람에 하는 수 없이 돌다리로 돌아간 평서왕군은 얕은 강물 쪽을 건너가려 하였다.

하지만 반대편 강가에 도착하기도 전에 진천탄이 또 터졌다.

폭은 좁은 강 안에서 강철 전차와 기병 수백 기가 서로 혼잡하게 뒤엉켜 오지도 가지도 못하는 최악의 상황에 빠졌다.

말 그대로 물 반, 기병 반인 상황이었다.

조지웅은 바로 지시했다.

"공격!"

명을 내린 조지웅도 권총을 뽑아 들고 돌격했다.

탕탕탕탕탕!

리볼버 권총의 휠이 돌 때마다 적 기병이 강물로 떨어졌다.

사용한 권총은 총집에 넣고 새 권총을 뽑아 방아쇠를 당겼다.

다섯 발을 연달아 발사해 다시 몇 명을 더 쓰러트렸다.

다른 장사들은 강 쪽으로 참수리를 거치하고 방아쇠를 당겼다.

총알이 수면 위를 튕기며 날아가 기병과 군마를 쓸어버렸다.

거기다 후방에 배치한 솔개포까지 포탄을 쏘아 대는 바람에 흙탕물이 사방으로 치솟아 상황을 더 혼란스럽게 하였다.

거리가 가까워지면서 적 기병도 카빈으로 반격해 왔다.

팔장사는 즉시 연막탄을 던져 은폐에 들어갔다.

연막 속에 숨는다고 총알이 비켜 가진 않는다.

하지만 적의 조준 사격을 막는다는 점에서 효과가 뛰어났다.

놀라 미처 날뛰는 말 위에서 연막에 숨어 움직이는 팔장사를 조준해 쓰러트릴 수 있는 사람은 이 세상에 아무도 없다.

"전차까지 화력 통로를 개설해라!"

조지웅의 명을 받은 장사들이 비격뢰를 던져 적 기병을 옆으로 몰아내고 참수리로 집중 사격을 가해 접근을 저지했다.

"가자!"

조지웅은 정예 장사들을 데리고 직접 강물 속으로 뛰어들었다.

강물은 이제 물보다 피가 더 많은 듯했다.

마침내 강철 전차 옆구리에 도착한 조지웅은 연막탄 몇 개를 재빨리 점화해서 손바닥만 한 전차 창문으로 집어넣었다.

치이이익!

연막탄이 전차 안에서 발화하며 연기가 새어 나왔다.

그러나 30초가 지났을 때도 전차는 열리지 않았다.

안에서 잠그는 형태였기에 밖에서는 열기 힘들었다.

미간을 찌푸린 조지웅이 소리쳤다.

"문 경첩에 진천탄을 설치해라!"

곧 폭파 주특기를 가진 장사 두 명이 달려와 강철 전차 문에 진천탄 세 개를 설치하고 도화선을 연결해서 뒤로 빠졌다.

"폭파!"

"폭파!"

폭파라는 외침이 들리고 나서 폭음이 울리며 전차가 덜컹했다.

조지웅은 화약 연기를 헤치며 전차로 달려갔다.

전차 문이 박살 나서 찌그러져 있었다.

장사 몇 명이 경첩을 총으로 쏴서 찌그러진 문짝을 떼어 냈다.

조지웅은 탄환을 장전한 권총으로 전차 안을 재빨리 확인했다.

비단 용포를 입고 머리에 황금 관을 쓴 사내가 누워 있었다.

"끌어내라!"

곧 장사 몇 명이 안으로 들어가 사내를 끌어냈다.

조지웅은 품에서 오웅웅을 그린 그림을 꺼내 사내와 비교했다.

용모파기와 사내의 얼굴이 아주 흡사했다.

대역일 가능성도 있지만 어쨌든 작전은 성공이었다.

조지웅은 리볼버로 정신을 잃은 사내의 심장에 두 발 쏘고 나서 머리에 한 발 더 쏴 확인 사살까지 마치고 지시했다.

"퇴각!"

기병을 상대하던 장사들이 비격뢰를 던지며 퇴각했다.

그래도 쫓아오는 적은 참수리로 집중 사격을 가해 떼어 냈다.

그로부터 몇 시간 동안 쫓고 쫓기는 추격전이 있기는 했지만, 조지웅 부대는 임무를 완수하고 다른 부대와 합류했다.

　다른 부대들도 작전에 성공해 오응웅을 죽였단 말을 들었다.

　얼마 후.

　협곡으로 보낸 소장사 조가 도착했다.

　"수상한 자가 있더냐?"

　소장사가 고개를 끄덕였다.

　"기병 몇 기가 몰래 지나가는 것을 발견해 전부 사살했습니다."

　"그중에 오응웅으로 보이는 자가 있더냐?"

　"예, 용모파기와 일치하는 자가 하나 있었습니다."

　"잘했다. 가서 쉬어라."

　며칠 후.

　오응웅이 죽었단 소문이 빠른 속도로 운남성에 퍼졌다.

　대역이 많아서 팔장사 중 어느 부대가 오응웅을 죽였는진 알 수 없지만 어쨌든 이번 사냥 작전은 대성공으로 끝났다.

북경을 약탈하고……, 약탈이라고 하니까 좀 어감이 그런데 어쨌든 북경에서 전리품을 챙기고 동영항으로 다시 돌아왔다.

애초에 중원을 먹겠단 야심은 없었다.

먹을 자신은 있었다.

지금 전력으로 총력전을 펼치면 가능했다.

몽골과 만주가 인구가 많아서 중원을 먹은 건 아니니까.

하지만 땅덩이가 너무 큰 데다, 인구도 많아서 각 잡고 경영하려면 아마 밤을 새워 가며 일해도 모자랄 가능성이 컸다.

즉, 배보다 배꼽이 더 큰 상황인 거다.

대신, 승리 유전이 있는 동영만은 확실히 손에 넣을 생각이
었다.

그렇게 하면 산업화에 필요한 원유 자원을 확보하면서 중
국의 경제 발전 동력도 제거해 일거양득 효과를 누릴 수 있었
다.

아, 동영항이 필요한 이유가 한 가지 더 있었다.

바로 교역항으로서의 가치다.

동영항을 보유하면 하북, 산동 두 지역에 물자와 무기를 수
출하고 반대로 두 지역에 있는 천연자원을 빨아들일 수 있었
다.

천연자원은 많을수록 좋으니까.

난 중국 전도를 테이블에 펼쳐 놓고 생각했다.

중국과 무역하려면 동영항 하나 갖곤 모자라지.

상해, 홍콩, 해남도를 추가하면 커버가 가능할 거 같긴 한
데.

다행히 상해는 거의 손에 들어온 거나 마찬가지였다.

강소성에서 봉기한 주걸산이란 자에게 무기와 군량을 대
주는 대가로 상해를 우리 조선이 조차하는 공식 협정을 맺었
다.

주걸산은 협정을 맺기 전까지 상해를 잘 몰랐다.

강소성은 중국 강남에서 가장 번화한 지역이었다.

남경과 같은 대도시를 시작으로 서주, 소주와 같은 명소가
숱하게 많아 평범한 어촌인 상해 따윈 그의 안중에 없었다.

근데 조선이 그런 상해를 콕 집어 요구한 거다.

주걸산은 그가 모르는 무언가가 있나 싶어 상해를 방문했다.

하지만 소주, 항주와 가깝다는 점 외엔 별다른 특색이 없었다.

말 그대로 평범한 어촌에 불과했다.

안심한 주걸산은 협상을 위해 방문한 안교안에게 상해를 주고 무기와 화약, 물자 등을 받는 협정서에 도장을 찍었다.

주걸산도 그 나름의 복안이 있었을 거다.

조선이 상해에 상관을 설립하면 무기와 물자를 수입하는 일이 수월해져 다른 군벌과의 경쟁에서 유리해지기 때문이다.

물론, 그건 주걸산이 상해의 진정한 가치를 몰라서다.

상해는 장강의 바다 관문에 해당할 뿐만 아니라, 항구를 포함한 교역 도시가 들어설 최적의 자연조건을 구비하고 있었다.

거기다 인구 밀도도 낮아 개발 가능성이 무궁무진했고.

서구 열강의 조차지였기 때문에 발전했다곤 하지만 그것만으론 21세기 상해가 지닌 경제적 가치를 설명하기 어려웠다.

내 시선은 상해에서 해남도로 옮겨 갔다.

사냥 작전이 끝나면 조선은 운남의 한족을 몰아내고 그 대가로 해남도를 조차하는 방안을 토착 민족과 협상 중이었다.

해남도를 조선이 보유하면 중국 남서부와 인도차이나 양쪽을 모두 커버하는 중요한 교두보로 자리매김할 수 있었다.

막 그런 생각을 하는 중인데 번쩍하며 킬 메시지가 나타났다.

사냥 작전이 성공했구나!

난 얼른 오웅웅이 남긴 수명과 스킬을 확인했다.

수명과 액티브 스킬은 평범했다.

근데 패시브 스킬은 생각지도 못한 것이 나왔다.

칭제의 기회! (SSS)

자격 요건을 갖춘다면 제국을 선포하고 황제로 등극할 수 있다. 칭제 건원에 성공하면 강력한 보너스를 추가로 얻는다.

명성 레벨: 0

통치 레벨: 0

협상 레벨: 0

황제라⋯⋯.

오웅웅은 아직 자격 요건을 갖추지 못해서 이렇게 좋은 스킬을 가지고도 제대로 활용하지 못한 거 같은데 나는 어떨까?

난 시험 삼아 스킬을 장착하고 발동해 보았다.

그 즉시, 홀로그램으로 이루어진 사나운 황금 용 아홉 마리가 눈앞을 어지럽게 활공하면서 눈이 부신 광채를 발산했다.

그 밑에는 자격 요건이 적혀 있었다.

영토: 통과

국방: 통과

외교: 통과

경제: 통과

종합: 칭제 가능

하하, 칭제 가능이라고?

뭐 기분은 나쁘지 않다만 급한 건 아니니까.

어쨌든 참수 작전으로 오응웅을 제거하는 사냥 작전이 성
공을 거두면서 이제 해남도도 손에 들어온 거나 마찬가지였
다.

그렇다면 이제 홍콩이 남은 건가?

난 고개를 슬쩍 저었다.

홍콩이 있는 광동은 지금 경정충의 영역이었다.

즉, 경정충을 제거하지 않고서는 홍콩을 얻기가 불가능했
다.

일단 운남부터 정리하자.

난 동영과 상해에 인력과 병력을 배치하고 본토로 귀환했
다.

도성에 도착했을 때, 강대산이 바로 들어와 보고했다.

그동안 들어온 정보가 꽤 많은 모양이었다.

강대산이 숨을 돌리지도 않고 보고부터 하였다.

"오삼계가 용호군 모략에 걸려 죽었사옵니다."

"그러면 오씨 부자가 전부 죽은 셈이군."

"그렇사옵니다."

"어떻게 한 건지 자세히 말해 보게."

"예, 전하."

강대산에 따르면 용호군은 몇 년 전부터 평서왕부에 꾸준히 궁인을 심었는데 그중 한 명이 바로 묘족 출신 여인이었다.

당연히 한족인 오삼계는 토착 민족을 오랑캐라 여기며 업신여겼기에 묘족 여인도 노비가 하는 허드렛일을 주로 하였다.

하지만 오삼계도 어쩔 수 없는 사내였다.

묘족 여인의 절색에 넘어가 급기야 그녀를 후궁으로 들였다.

"후궁이 독을 쓴 건가?"

"오삼계는 자기 몸을 끔찍이 아껴 그럴 기회가 없었사옵니다."

"그러면?"

"오응웅이 오삼계의 생일을 치르기 위해 사천 성도에서 운남으로 내려왔다는 보고를 전에 받으셨을 것이옵니다. 그때, 곤명에 있는 평서왕부에서도 잔치 준비가 한창이었사옵니다."

"흐음, 왕부 같은 데서 잔치를 벌이려면 사람이 많이 필요하지. 요리사도 있어야 하고 춤을 추는 무희들도 있어야 하니까."

"정확하시옵니다."

"그래서?"

"후궁의 인맥으로 요리사와 무희로 위장한 용호군 몇이 평서왕부에 잠입하는 데 성공했사옵니다. 그리고 그중에는 전하께서도 익히 잘 아시는 유연과 홍장미 요원도 있었사옵니다."

난 고개를 끄덕였다.

"그 두 사람의 실력은 나도 잘 알지."

"오응웅이 내려올 때 이미 평서왕부에선 연회가 벌어지고 있었사옵니다. 그때, 무희로 위장한 홍장미 요원이 한껏 취해 경계심이 흐트러진 오삼계에 접근해 독침을 쏘았사옵니다."

"오삼계는 그때 죽은 건가?"

"그렇사옵니다. 인도네시아에 사는 독거미 독을 바른 독침이었는데 조금만 주입해도 숨을 쉬지 못해 죽는다고 하옵니다."

"요원들은 어떻게 탈출했나?"

"마침 오응웅이 죽었단 급보가 왕부에 전해진 데다, 잠입해 있던 유연 등이 불까지 지르는 바람에 의외로 별다른 저항도 받지 않고 무사히 평서왕부에서 탈출했다고 들었사옵니다."

"후궁도 탈출했나?"

"예, 홍장미 요원이 탈출시켰다고 하옵니다."

"잘했군. 부하들에게 말해서 묘족 처자를 잘 돌봐 주라고 하게."

"그게 저……."

"왜 그러나?"

"그 묘족 처자가 홍장미 요원을 보고 깊은 감명을 받은 모양이옵니다. 그래서 본인도 용호군 요원이 되고 싶단 뜻을 전해 왔는데 이런 사례가 없어서 어떻게 처리해야 할지……."

"귀화시켜서 용호군 훈련을 받게 하게. 버티면 요원이 되는 거고 못 버티면 고향에 돌아가 살게 해 주면 되는 거니까."

"그리하겠사옵니다."

"이번 작전에서 혁혁한 공을 세운 용호군 요원 명단과 활약한 내용을 상세히 적어 병조에 상신하게. 팔장사 쪽 명단이 오는 대로 같이 심사해서 훈장과 포상을 수여할 테니까."

"예, 전하."

난 화제를 바꾸었다.

"다른 지역은 요즘 좀 어떤가?"

"청나라가 망하면서 강북에는 군벌들이 득세하고 있사옵니다."

강대산이 용어를 제대로 사용했다.

전에는 한족 반란군이었지만 청나라가 망한 지금은 반란 대상이 사라졌으므로 그들을 군벌이라 칭하는 것이 옳았다.

강대산의 설명이 이어졌다.

"북경이 있는 하북을 시작으로 하남, 섬서, 산서, 산동, 호북, 호남에서 한족 장수와 지방관, 현지 유력 가문 등이 일제히 봉기해 이합집산을 거듭하며 세력을 확장하고 있사옵니다."

"다른 지역은?"

"복건과 광동을 차지한 정남왕 경정충이 강서, 강소, 안휘, 절강으로 군대를 파견해 그곳 현지 세력과 충돌했사옵니다."

"재빠르군."

"그렇사옵니다."

"형세는 어떤가?"

"경정충 쪽이 앞선다고 들었사옵니다."

"사천과 귀주, 운남은 어떤가?"

"아직 조용하긴 하지만 그래도 오래가진 않을 거 같사옵니다."

"자세히 말해 보게."

"현재 평서왕군은 두 세력으로 갈려 있사옵니다. 한쪽은 오삼계 부자의 유지를 잇겠다는 쪽이고 다른 한쪽은 오삼계 부자가 죽었으니까 그 유산을 적당히 나눠 먹잔 쪽이옵니다."

"토착 민족은?"

"용호군이 대만을 통해 공급해 준 무기, 물자, 군량 등을 기반 삼아 언제든 평서왕군을 공격할 준비를 마쳤다고 하옵니다."

난 곰곰이 생각하다가 지시했다.

"평서왕군이 두 세력으로 나뉘어 있다면 분명 내전이 일어날 걸세. 용호군은 한 산에 호랑이 두 마리가 살 수 없단 전략을 기초로 두 세력을 이간질하여 양패 구상을 유도하게."

"양패 구상을 유도한 뒤에 토착 민족을 밀어주는 것이옵니까?"

"그렇게 해야겠지."

"알겠사옵니다."

"그리고 한족이 사천까진 먹을 수 있게 하게. 하지만 감숙성 방향으로는 절대 진출하지 못하게 단단히 신경 써야 하네."

강대산은 희정당 탁자 위에 놓인 중국 지도를 보며 대답했다.

"한족이 위구르 쪽으로 진출하는 것을 막기 위해서이옵니까?"

"그렇지. 그리고 위구르와 함께 티벳 방면도 같이 신경 쓰게."

"인도네시아 때와 비슷한 전략을 쓰면 되옵니까?"

"그렇네. 그곳에도 분명 두각을 드러내는 왕이나 부족장이 있을 테니까 그들을 제거하고 이 인자나 삼 인자를 밀어주게. 물론, 그러면서 우리 조선에 호의적인 감정을 품도록 조장해야겠지. 열심히 죽을 쒀서 개에게 줄 수는 없지 않은가?"

"지당한 말씀이시옵니다."

내가 잠시 말을 멈췄을 때.

강대산이 조심스러운 어조로 물었다.

"경정충은 어떻게 하실 생각이옵니까?"

"흐음."

"그동안 정남왕부와 교역, 외교 등에서 좋은 관계를 맺어 온 것은 사실이나 이대로 두면 결국 중원을 차지할 것이옵니다. 그리되면 전하께서 세운 계획 전체가 어그러지옵니다."

강대산 말대로 경정충이 지금 내 최대 고민이긴 했다.

이제 중국에는 플레이어가 경정충 하나만 남았다.

이 타이밍에 태클을 걸지 않으면 결국 경정충이 중국을 다 먹고 나서 그 힘을 바탕으로 승부를 걸어올 것이 틀림없다.

EHS는 특성상, 플레이어 간의 공존을 허락하지 않기 때문이다.

즉, 100명의 플레이어 중에 한 명만 남을 때까지 수명과 스킬, 그리고 영토와 자원을 두고 싸우도록 설계되어 있었다.

난 고민 끝에 결정을 내렸다.

"이완, 이여발 두 대감을 불러오게."

강대산의 눈빛이 날카롭게 바뀌었다.

"하오면?"

"경정충이 강남을 다 차지하기 전에 쳐야겠어."

"알겠사옵니다."

강대산이 막 일어나려는 순간.

왕두석이 사색이 된 채 뛰어 들어왔다.

"전하! 당장 피하셔야 하옵니다!"

"무슨 일인데?"

그때였다.

콰아앙!

희정당 옆에서 폭음이 울리더니 창문이 전부 박살 났다.

충격을 받아 쓰러졌다가 탁자 모서리를 짚고 간신히 일어났다.

희정당 지붕에 폭탄이 떨어진 듯했다.

쿠쿠쿠쿵!

대들보가 울리며 흙과 깨진 기와가 비처럼 쏟아졌다.

막 몸을 날려 깨진 창문 쪽으로 달아나려 할 때.

두 동강 난 대들보가 바로 머리 위에서 떨어졌다.

이런 씨발!

난 재빨리 이의민의 괴력으로 떨어지는 대들보를 멀리 쳐 냈다.

그러나 대들보는 시작에 불과했다.

지붕부터 무너지기 시작한 희정당이 통째로 가라앉으려 들었다.

난 온 힘을 다 쥐어짜 내 창문 밖으로 몸을 날렸다.

창문 근처에 있는 돌 석상에 부딪혀 온몸이 지끈거렸다.

하지만 통증은 금세 사라졌다.

아드레날린이 폭발한 덕분이었다.

희정당을 막 빠져나왔을 때.

쿠르르콰쾅!

굉음이 울리며 희정당이 그대로 무너졌다.

흙먼지가 수십 미터까지 치솟았다.

저렇게 거대하고 튼튼하던 건물이 고작 하늘에서 떨어진 포탄 몇 방에 무너지는 모습을 보고 놀라기보단 어이가 없었다.

왕두석을 포함한 선전관과 이상립이 이끄는 금군이 달려왔다.

이상립이 선포전 근처를 가리키며 외쳤다.

"근처에 이럴 때를 대비해 만든 벙커가 있사옵니다!"

난 이상립에게 끌려가면서 왕두석에게 물었다.

"강대산 대장은 어떻게 되었어? 좀 전까지 같이 있었는데……."

왕두석이 고개를 저었다.

"생사를 확인하지 못했습니다."

"상선과 궁녀들의 생사도 불명인가?"

"예……."

난 끌려가면서 고개를 들었다.

새카만 글라이더 수백 대가 창덕궁 하늘을 날아가고 있었다.

그리고 그중 몇 대가 내 쪽으로 날아왔다.

하늘을 쳐다보던 이상립이 날 안고 몸을 날렸다.

글라이더 밑에서 툭 떨어진 포탄이 10미터 밖에서 폭발했다.

쾅앙!

거리는 멀었지만, 그 충격은 대단했다.

금군 몇 명이 피를 뿌리며 쓰러지는 광경이 눈에 들어왔다.

그때, 이를 악문 이상립이 왕두석에게 소리쳤다.

"전하를 어서 벙커로!"

비장한 표정으로 고개를 끄덕인 왕두석이 날 부축하며 달렸다.

마지막으로 고개를 돌렸을 때.

이상립은 금군의 부축을 받아서 나무에 몸을 기대고 있었다.

좀 전에 떨어진 포탄 파편에 맞은 듯했다.

마침내 콘크리트로 지은 벙커 문이 나타났다.

그 와중에도 포탄이 여기저기서 떨어졌다.

한번은 8미터쯤 옆에서 떨어졌는데 금군과 선전관이 날 껴안은 덕분에 포탄이 만든 충격과 파편에서 무사할 수 있었다.

난 벙커로 들어가기 직전, 급히 멈춰 서서 주변을 둘러보았다.

창덕궁은 이미 아비규환이 따로 없었다.

궁녀와 내관들이 비명을 지르며 달아나고 금군은 머리 위를 활공하는 글라이더 방향으로 송골매와 참수리를 발사했다.

난 급히 지시를 내렸다.

"금군은 윗전과 중전, 세자, 공주를 안전한 곳으로 대피시
켜라!"

"예, 전하."

금군 장교 하나가 대답하고 나서 창덕궁 동쪽으로 내달렸
다.

그때, 왕두석이 날 벙커 쪽으로 밀어붙였다.

"이젠 들어가셔야 하옵니다!"

"마지막으로 하나만 더!"

난 왕두석을 밀쳐 내며 쌍둥이에게 지시했다.

"조정과 훈련도감, 통제영에 당장 계엄령을 발령하라고 전
해라."

"예, 전하!"

대답한 쌍둥이가 궐내 각사 쪽으로 뛰어갔다.

그때, 그들 근처에 포탄이 떨어져 깜짝 놀랐다.

하지만 다행히 불발이었다.

신관 문제인지 포탄이 땅바닥에 박혀 흔들거렸다.

그 모습을 확인하고 나서야 난 벙커 안으로 들어갔다.

곧 벙커 철문이 쿵 소리를 내며 닫혔다.

벙커 안에는 나 외에도 왕두석, 홍귀남과 금군 두 명이 있
었다.

금군 한 명이 등유 램프 몇 개 켜서 천장에 걸었다.

난 환풍구 쪽으로 걸어가 귀를 기울였다.

벙커에 뚫린 유일한 틈이 환풍구여서 소리가 간간이 들려왔다.

펑펑펑펑펑!

폭탄이 벙커 주위에 떨어진 듯 쿵쿵 울리는 폭음이 들렸다.

그 충격으로 천장에 매단 등유 램프가 좌우로 흔들리면서 사람 그림자가 괴이하게 일그러져 사람을 오싹하게 하였다.

난 벙커 벽을 두드려 보았다.

강철 철근과 자갈을 섞은 콘크리트로 건설한 벙커였다.

벙커 버스터 같은 미사일만 아니면 안전할 듯했다.

홍귀남이 벙커에 상비해 둔 물로 차를 끓여 가져왔다.

"목이 마르실 텐데 이거라도 드시옵소서."

"고맙구나."

그의 말대로 먼지를 많이 마셔 목이 타던 참이었다.

차를 몇 모금 마시고 나서 왕두석과 홍귀남에게 물었다.

"너흰 놈들이 어디서 날아오는지 보았느냐?"

홍귀남이 대답했다.

"남쪽이었사옵니다."

"남쪽이면……, 남산 쪽 말이냐?"

"그렇사옵니다."

난 좀 전에 본 검은색 글라이더를 머릿속에 떠올렸다.

무동력은 확실히 아니었다.

글라이더 뒤에 선풍기 날개 같은 것이 돌아가고 있었다.

흠, 모터로 돌아가는 동력 글라이더인 건가?

근데 모터를 쓰려면 배터리 기술이 필요할 텐데.

설마 그쪽의 기술력이 그 정도로 발전했다고?

난 한숨을 내쉬었다.

배터리 자체는 그다지 만들기 어려운 물건이 아니니까 만들 순 있을 텐데 글라이더에 쓸 정도로 발전했단 점이 무섭군.

내가 내연 기관에 집중하는 동안, 놈은 모터 쪽에 집중한 건가?

여기서 말하는 놈이란 경정충이었다.

현재 동아시아에서 감히 조선 본토 한가운데에 특수 부대를 잠입시켜 이 정도 기습을 감행할 자본과 기술력을 갖춘 세력은 경정충의 정남왕부 밖에 없어 쉽게 유추할 수 있었다.

난 이를 으드득 갈았다.

오늘의 원한은 열 배로 갚아 주지.

하지만 이번 습격 덕에 깨달은 점도 하나 있었다.

바로 공군을 우리만 운용하진 않는단 점이었다.

즉, 이젠 상대의 공군을 대비할 대책을 세워야 했다.

강력하면서도 효율적인 대공포가 필요하겠어.

그때였다.

벙커 벽에 설치해 둔 유선 전화기가 신호음을 보냈다.

근처에 있던 왕두석이 바로 수화기와 송화기를 동시에 들었다.

얼마 전에 전화기 개발에 성공해서 시험적으로 희정당과 궐내 각사, 종로 육조거리, 그리고 벙커에 전화선을 연결했다.

왕두석이 몇 초간 듣고 있다가 수화기와 송화기를 내밀었다.

"궐내 각사에서 걸려 온 전화이옵니다."

난 전화기 쪽으로 걸어가며 물었다.

"누가 건 거지?"

"훈련도감 도원수 이완 대감이옵니다."

난 얼른 송화기에 대고 물었다.

"이완 대감이오?"

잡음이 좀 껴 있긴 했지만 이완 목소리가 똑똑히 들렸다.

-예, 전하. 말씀하시옵소서.

"궐내 각사 쪽은 좀 어떻소?"

-여기에도 포탄이 떨어져 피해가 크옵니다.

"큰일이군."

-그래도 다행히 궐을 습격한 자들은 대부분 처리했사옵니다.

"그렇소?"

-대부분은 동력이 다해서 대궐 안팎에 추락했고 나머진 운 좋게 송골매나 참수리에 맞아 떨어지거나, 아니면 비행 중에 기기 이상을 일으킨 듯 공중에서 스스로 폭발했사옵니다.

"추락한 놈들은 생포했소?"

-병사들이 쫓아갔을 땐 이미 독약을 먹고 죽어 있었사옵니다.

"그렇군."

-금군이 방금 전해 온 소식에 의하면 윗전 두 분은 가까운 경복궁으로 무사히 피신을 마치시었고 중전마마와 세자저하, 공주자가 세 분은 지금 동궁 벙커에 계신다고 하옵니다.

"불행 중에 다행이군."

-화재 진압을 마치는 대로 신이 벙커로 가겠사옵니다.

"알겠소."

전화를 끊고 세 시간쯤 후에 이완이 찾아와 밖으로 나갔다.

난 창덕궁을 둘러보며 한숨을 쉬었다.

희정당만 피해를 본 게 아니었다.

인정전, 선정전을 포함한 창덕궁 전각의 3분의 1이 폭발과 화재로 망가져 보수하거나 아예 처음부터 다시 지어야 했다.

사실 건물이야 얼마든지 다시 지을 수 있었다.

곳간에 넘쳐 나는 게 금은보화니까.

하지만 사람은 그럴 수 없었다.

곳곳에 거적으로 덮어 놓은 시신이 널려 있었다.

그중에는 금군도 있었고 궁녀와 내관도 있었다.

댕기 머리를 한 생각시도 몇 있어 마음을 아프게 했다.

그나마 상선이 가벼운 부상으로 그쳤단 말을 들어 다행이었다.

난 한숨을 내쉬며 이완에게 물었다.

"조정과 군 인사 쪽의 피해는 어떻소?"

"조정에선 비변사 당상인 김수홍 대감과 윤선도 대감이 현장에서 즉사했고……, 송준길 대감과 윤휴 대감이 중상을 입어 급히 국립 의료원으로 후송된 것으로 아옵니다. 그 외에도 우의정 권대운, 예조판서 김좌명, 비변사 당상 송시열, 허목 대감 등이 다쳐 궐에 있는 의원에서 치료 중이옵니다."

"송준길 대감과 윤휴 대감은 살아날 가능성이 있소?"

이완이 씁쓸한 표정으로 고개를 저었다.

"어려울 듯하옵니다."

"……알겠소."

이완이 보고를 이어 갔다.

"금군에선 기송일 좌별장이 전사했고 이상립 대장은 등에 상처를 입어 의원에서 치료받고 있사옵니다. 그리고 강대산 대장은 조금 전에 희정당 잔해에서 시신을 발견했사옵니다."

강대산까지 당했단 말인가…….

이완이 보고를 막 마쳤을 때.

비번이던 최걸이 소식을 듣고 달려와 금군 지휘권을 인수했다.

현재는 그가 금군 최고 지휘관이었다.

난 금군의 철통같은 호위를 받으면서 경복궁으로 이어했다.

곧 경복궁 근정전으로 이경석, 허적 등이 급히 들어왔다.

그들은 다행히 안전한 전각에 있어 목숨을 건졌다.

밤을 새워 가며 사고 수습을 지휘하고 있을 때.

더 충격적인 소식이 연달아 들어왔다.

경정충이 창덕궁만 노린 것이 아니었다.

서유럽회사 종로 본사, 제물포 항구, 인천 조선소, 정주 제철 단지 등 10여 곳이 넘는 군사 요충지를 글라이더로 폭격했다.

보름 후엔 좀 더 정확한 피해 집계가 이루어졌다.

인명 피해는 국립 의료원에서 끝내 숨을 거둔 송준길과 윤휴를 포함해 사망자는 2,200명, 부상자는 13,000명에 달했다.

특히 조정 피해가 극심해 행정이 마비되었다.

하지만 그보다 더 큰 문제는 제물포 항구에 정박해 있던 충청 수영 함대 반에 해당하는 군함 130척이 불에 타 버린 거였다.

글라이더가 떨어트린 포탄을 얻어맞은 군함은 20척에 불과했지만 각 군함 사이의 간격이 좁았던 탓에 화재가 번지면서 130척이 불에 타 그중 30척만 간신히 건질 수 있었다.

이 정도 피해라면 당분간은 반격 작전이 불가능했다.

충청 수영이 기동 불능에 빠지며 중국에 무기, 물자, 군량을 수출하는 선단을 호위하는 일에 영향을 받을 수밖에 없었다.

그리고 중국에 있는 인력과 병력을 지원할 방도도 사라졌다.

전라 수영과 경상 수영이 있긴 하지만 그쪽 군함들은 아직 증기선이 아니어서 경정충의 수군을 상대하기 쉽지 않았다.

중국에 고립된 팔장사와 용호군을 생각하면 속이 매우 쓰렸다.

그들은 본토 지원 없이 알아서 살아남아야 했다.

한 달이 지났을 땐 정남왕군이 대만을 침공해 그곳에 있던 조선의 군사, 교역, 정비 시설을 파괴했단 소식이 전해졌다.

죽은 강대산을 대신해 용호군 대장으로 취임한 안교안으로부터 대만이 당했단 소식을 듣고 처음 든 생각은 하나였다.

이건 거의 진주만 공습이나 다름없잖아!

심지어 경정충의 의도마저 흡사했다.

경정충은 이번 기습으로 우리 손발을 단단히 묶어 놓고 나서 그사이 중원을 제패해 승부를 보려는 의도가 틀림없었다.

그렇다면 나에겐 두 가지 길이 있었다.

하나는 중국에 고립된 팔장사와 용호군을 구출하기 위해 남아 있는 전력을 이끌고 당장 복건으로 쳐들어가는 길이었다.

유비가 형주에서 죽은 의형제인 관우의 복수를 하겠다며 남아 있는 전력을 다 이끌고 오나라로 쳐들어간 거처럼 말이다.

그리고 다른 하나는 팔장사와 용호군을 전부 잃는 한이 있더라도 완벽한 전력을 갖춘 뒤에 복건으로 출병하는 길이었다.

문제는 그 기간이 얼마나 걸릴지 나도 장담 못 한단 거였다.

1년이 걸릴 수도 있고 3년, 5년이 걸릴 수도 있었다.

하지만 고민은 길지 않았다.

물론, 첫 번째 길을 선택해 성공할 수도 있었다.

하지만 실패하면 그땐 정말 끝장이었다.

유비가 이릉 전투에서 대패해 촉이 망국의 길로 접어든 거처럼.

그렇다면 두 번째 길을 가는 수밖에 없다.

전략을 정한 뒤에 미루어 두었던 국장부터 치렀다.

강대산, 송준길, 김수홍, 윤선도부터 아직 관례조차 받지 않은 어린 생각시까지 2,000명이 넘는 인원의 국장이 치러졌다

장엄한 국장이 끝나고 나서 난 본격적으로 반격 준비에 나섰다.

경정충이 중국을 다 먹었다고 가정한 상태에서 그를 완벽히 박살 내기 위해 최고의, 그리고 최강의 전력을 구축해 갔다.

이번 전쟁은 동아시아의 맹주 자리를 놓고 겨루는 승부였다.

〈10권에서 계속〉